JN128341

須賀敦子の本棚 9
池澤夏樹=監修

La terra non sarà distrutta DAVID MARIA TUROLDO

地球は破壊されはしない

ダヴィデ・マリア・トゥロルド　須賀敦子 訳

河出書房新社

目次

第一幕

第二幕

第三幕

地球は破壊されはしない

アディジェ河畔の一修道院。丘に囲まれた土地で、ヴェローナ市に近い。場面はすべて西暦一〇〇〇年の数年前という、宗教的文化的背景を暗示するようなものであること。ここに描かれた修道院生活では、一方においては野蛮なまでの厳しさ、他方においては新しい生活様式のヒューマニスティックなめざめとが葛藤する。それは人間性のキリスト教的な変化の理想の一つで、のちにロマネスク文化の春によって、もっともよく代表されるものでもある。

地球のこの一隅の精神的な物語が、習慣や様式の絶えることない開花を通じて、一時代から次の時代へと遷(うつ)ってゆく、われわれのたたかいの道の一つの姿を表しうるだろうか。より深い研究と、よりあつい信仰の参考にでもなれば。

第一幕

黙想

ある冬の朝。待降節の第一日曜。修道士たちは一年の、ひいては世界の最後のものとなるかもしれぬ苦行のはじまりを告げる嗄(か)れた鐘の音によばれて、教会の典礼の勤行に集まってくる。人々の顔は流れの水で明るみ、栄光に満ちた光のうちになにかとまどっている。しかし景色はすぐに暗くなり、修道士たちはそれぞれの棲家から降りてくる。棲家というのは、貧素な小屋、道傍、洞穴、廃跡などの一群にすぎない。中央には粗末な造りの教会。これも、どうにか蛮族の破壊をまぬがれたにすぎぬといったもので、紫の壁かけに被われている。神の家は簡素なものである。歌隊席は教会の中ほどまでつづいているが、特別の型となく、最近の戦争で半分壊されてさえいる。壁には、華美にすぎる絵がいくつか。十字架が一つ、灯された六本のろうそく。花はない。修道院長は祭壇の前にひざまずいて、宗教儀式のはじまるのを待っている。一方、教会の外では、司祭たちのうしろに労働修道士たちが半円になって集(つど)っている。週番僧が一日をはじめる。

週番僧　神の御名(みな)において、兄弟たち、新しい日をはじめましょう。苦行とわれらの救いのために、われわれの価(あたい)せぬこの時間をくだされようとされた聖三位に御礼申しましょう。

（各々の修道士はそれぞれの顔に落ち着きをとりもどし、それぞれの場所につく）

週番僧 神よ、われわれが世のすべての悪のつぐないができることに対し御礼申します。乙女なるマリアにごあいさつ申しましょう（みな、頭をさげる）。われわれより先に栄光に入られ、神のふたたび来られるのをお待ちの、聖人方にもごあいさつ申しましょう。太陽に、樹々に、河たちにも、あいさつしましょう。

（小鳥たちがななめに空を横切る。やさしい歌声）

週番僧 わたしたちもみなでうたいましょう。

（みな声をそろえてうたう）

一同 すべての仕事が主を祝しますよう、おお被造物（いきもの）よ、世紀にわたって主をほめたたえよ、すべてにこえて。

（ゆるやかな僧衣を身にまとい、手に牧杖をもち、頭にミトラをいただいた修道院長が教会の正面の扉から出る。その前にはビザンチン様式の十字架、いくつかの燭台と侍者ら。かれは聖水器ですべての修道士を祝福してまわる）

修道院長 おまえ方と修道院全体に平安がありますよう。すべての被造物（いきもの）との平安が。そしてそれがなされるために、一人ひとり、夜のうちに人々の犯した罪のゆるしを願いなされ。人類は一人の人間でしかありませんのじゃ。

（たぶん本能的にではあろうが、険しい目つきで修道院長は一人の四十代の修道士、ジェルマノを見る。その眼ざしをうけ、ジェルマノははっと顔をかげらし、頭をたれる。一方、他の修道士たちは、あるいは無表情、あるいはにこやかにしている。中には気を散らしている者も疲れたような者もある。とにかく、朝の罪課のため、一同ひざまずく。

第一合唱　二重合唱で一斉に祈る）

御身（おんみ）の偉大なる御慈悲（おんじひ）により、おお主よ、われを憐れみ給え。

第二合唱　見よ、われは悪のうちに生まれ、わが母は罪のうちにわれを胎（はら）めり。

（週番僧は修道院長の前に行ってひざまずき、いう）

週番僧　父よ、われを祝し給え、われはあやまてるによれば。

修道院長　今日（こんにち）の罪の贖（あがな）いは、汝においてはじめらるるよう。

（週番僧は首になわをまわし、円の中央に立つ）

週番僧　われらはあまりに罪を犯せしにより、全能なる神とすべての聖人方の御前（みまえ）にて告白せん。

（石を手にもち、それで自分の胸を打ちつつ）

われらの罪のため、われらのいと大いなるあやまちのため。

（各々は手に石をもち、おなじ動作をくりかえしてうたいつつ）

合唱　わがあやまちなり、いと大いなるあやまちなり。

修道院長　それでは一人ずつ、夜犯した自分のあやまちを糺（ただ）すよう。

一人　わたしは鐘がなって三分あとに起きました。

修道院長　三度笞（むち）打たれるよう。怠惰は夢のもとです。

（笞係の修道士が修道院長のうしろから出てきて、背中に三度笞を打つ）

一人　わたしは休む前、あまりに深い楽しみをもって月を眺めました。

修道院長　二度笞打たれるよう。月は地を愛するものの友ですから。

（静寂のうちに、あらわな肩にあたる笞の音のみがきこえる）

一人　わたしは花を、あまりにも夢中になって眺めました。

修道院長　笞打ち一つ。一つの花のために身を滅ぼした者も数知れぬのです。

一人　わたしは、心なくも気を散らしました。

修道院長　（暗い顔で）笞打ち十三。それは風のまにまに任された生きかたじゃ。おまえは、充分働きもしなければ、祈りもせなんだ。

ジェルマノ　わたしは……わたしは……一人の女の夢を見ました。

修道院長　（もっと顔をくもらせて）笞打ち三十八。夢のうちにせよ、サタンはふたたび修道院のうちに入った。子らよ、サタンが大天使聖ミカエルによって追いはらわれるよう、祈りましょう。これらの罪がゆるされるよう、一人ひとり、一番近くの修道士によって三度ずつ笞をうけなされ。

（ここに至って贖罪の行は陰鬱な踊りと化してしまう）

修道院長　主がおまえらを憐れまれますよう。

合唱　アーメン。

（週番僧の先読みにつづき、十字架と燭台のうしろに修道士たちは列になって、うたいつつ教会へとむかう）

一同　霊よ　つくりぬしよ　くだり給え
われらの精神を満たせ給え
あえぐこの胸を
至上の恩寵で満たせ給え。

（修道院長は二つの側廊のあいだを最後に通りぬけ、説教壇に立つ）

修道院長　第一の聖課。この待降節第一日曜の福音。

（祭壇の台の上、二本の灯されたろうそくのあいだに立って、読み番の修道士が読む）

読み番　聖ルカによるわれらが主イエズス・キリストの福音。《「そしてエルサレムが軍隊に取り囲まれるのを見たら、その荒廃が近づいていることを知りなさい。そのときは、ユダヤにいる者は山に逃げ、エルサレム市中にいる者はそこを離れなさい。田舎にいる者は、都に入ってはいけない。これは書かれたことが実現する報復の日だからである。これらの日々は、身ごもった女、乳飲み児のいる女には災いである。なぜならこの地には大いなる災難が起こり、この民に対する怒りが生まれるからである。人々はつるぎの前に倒れ、他国の奴隷とされよう。そしてエルサレムは異邦人によって踏みにじられ、異邦人らの時代が訪れるにいたる。太陽、月、星々にしるしが見られ、地上では海と波の轟きに諸国の民は恐れて悲嘆に暮れ、人々はこの地に起ころうとしていることの予感と恐れに気を失うであろう。天体のもろもろの力がかき乱されるからである。そのとき人々は、大いなる力と栄光を携え、人の子が雲に乗ってくるのを見るであろう。これらのことが起こりはじめたら、高みを見つめて頭をもたげなさい。あなたがたの救いが近づいているのだから」そして、かれらにこういう譬え話をした。「無花果（いちじく）の木、他のすべての植物を見なさい。これらが芽を出すのを見て、あなたがたは夏が近いことを知る。おなじように、これらのことが起こるのを見たなら、神の王国が近いことを知りなさい。真実をあなたがたに告げよう。すべてが実現するまではこの世代は消え去らないであろう。天と地は消え去るであろう。だが、わたしのことばは消え去ることはない」》

（読み番が、ゆっくり厳かに福音を読みあげると、修道士の多くのたましいはエルサレムの幻にとらわれる。静かな厳かな幻で、薄暗がりの雰囲気の中にりっぱな神殿がたっている。近くの丘の上には、キリストの影。すわって泣いている。声、かれの声があの嘆きをくりかえす）

声　エルサレムよ、エルサレムよ、牝鶏がひなを抱くごとく、いくどわれも、汝が子らを集めんと望みしことか。

（影は立ちあがる。その横には、石の上、かれの横に腰をおろしている使徒たちの影の一群）

声　行こう。時が近づいた。

（キリストは、かれらの頭の中であまりにも現実的で、肉体をもたんばかりである。そしてなんとそこには、神殿の柱廊の下にユダヤ人の一群。かれらの声がすべての空間をうずめる）

声　あの男のことばはたわごとだ。冒瀆者だ。あの男は、石の上に石はのこらぬだろうといった。もう、此奴の死ぬ時は近づいているのに。われらの神殿は永遠にあるだろうというのに。

（今度は、オーバーラップするように、もう一つの影。シケムの井戸におけるサマリアの女）

女の声　主よ、わたしたちの祖先はこの山の上で神をあがめましたのに、あなたは、礼拝の地はエルサレムだとおっしゃるのですか。

イエズスの声　わたしを信じなさい、女よ、真にあがめる者たちが、精神と真理において御父をあがめるべき時がくるのだ。

（想像の幻は回り灯籠のように果てしない。他の修道士たちは、ありとあらゆるものを売る人々の店にごったがえした神殿の幻を見る。鳩を売る者、聖器具を売る者、取引をする者、山師。かれらのことばは宗教と貪欲のごったまぜである）

声　ヤーヴェの名において、この鳩は一タレントするのだが、神殿という場所柄、一モネタにまけましょう。

他の声　俺のやしきは神の家のむかいにあるのだから、千タレントにでも売れるのだ。

他の声　（貨幣両替屋）われわれのタレントにくらべればローマの貨幣は紙くず同様だ。神殿は、われわれの貨幣とおなじ黄金でかざられているのだ。これは神聖な黄金なのだ。

一人の司祭が貢取に　ヤーヴェの名において、うんと高くとるのだ。神殿の宝庫は空になってきたぞ。

他の司祭　われわれはレヴィ族の支払いを全部背負っているのだ。うんともうけろよ、たのんだぞ。

（しかし、キリストの影は光に照らされて、商人たちの幸福感をすっかり覆そうとする。かれは怒りに震え、手に笞をもつ。足と手で屋台をひっくりかえし、台もみな、壊れる。そして、ばらばらと逃げて行く群衆の恐怖の上に、厳かで苦々しいかれの声）

イエズスの声　おまえたちは、わたしの家を盗人の洞窟にしてしまった。

（そしてただ一人、悲しみつつ、広場に立ちどまって）

そして、石の上に石はのこらぬだろう。

いま、影はゆっくりと大きく伸び、神殿の大きさを越える。これは、読み番の読んで行くのと同時に連続して起こる一連の場面である。会話は身振りをほとんど伴わず、劇は精神のうちに進行してゆく。読むのが終ると、修道院長の説教がはじまる。そのゆっくりとしたことばを通して、また例のごとく、黙示録の破壊の幻がひたひたとおそってくる。しかし今度の破壊はエルサレムのそれではない。それは地球上のある都市で、嵐の悪夢におそわれている。しかも大地全体がゆっくり震えはじめる。まるで現実ででもあるかのように、すべての罪が暗い隅々で犯される。踊り、からさわぎ、演説、愛の告白、いかがわしい契約、王侯らの戦争の計画等。女や子供らは、恐ろしい嵐の襲来におののいている。やっとしまいに、修道士の声がすべてを制御し、ゆっくりと最後の審判を告げる。修道士らは恐れおののき、頭巾の下で蒼ざめ、石のように黙りこくって動かない。

修道院長の説教

修道院長　子らよ、われらの主キリストの、あまりにもはっきりした、あまりにも恐ろしいみことばに、このわたしの貧しいことばを添えるのは、まことに恐れ多く、震えるばかりです。終りは近づいたのです。飢えと死におびやかされて絶滅に脅(おど)かされているのは、主の都エルサレムのみではありませぬ。全世界の破滅はもう、はっきりしるしがあらわれています。この待降節はたぶん最後の、最後ではなくとも、その一つとなるでしょう。主のお帰りを最後に待つ時となるでしょう。このように福音は、迫りくる黙示を語っています。その前には、罪の、姦淫の、暴力の、強奪の、掠奪の、不和の、重なりあう恐ろしい時がくるでしょう。すべての都市は荒れ果て、橋はたちわられ、畑はいなごと狼に荒らされるでしょう。そして、人々は傲慢な、侵略的な考えを、戦争の計画を、性懲りもなくつづけるでしょう。そして、無花果（いちじく）は呪いに十字架につけられた生き物のようになり、熊は狼を崖に追いつめ、自らともに滅するでしょう。神殿の幕は裂けわれ、思いあがった人間の建物は、石一つのこらなくなるでしょう。高潮のように、海の怒りは防波堤をこえ、すべてのかくれ家を覆し、それでもおろかなわれわれは自らをだまし、悲しみ、あらゆる欲情の波にのまれて、自らを酔わせることをやめぬのです。だれ一人、神のよび声にはきく耳をもたない。《そのときは、ユダヤにいる者は山に逃げ、エルサレム市中にいる者はそこを離れなさい。田舎にいる者は、都に入ってはいけない。これは書かれたことが実現する報復の日だからである》これは差し迫った運命（さだめ）じゃ。空から火がくだるだろう。地震は煙の黒い腕を開き、すべての罪人を呑みこんでしまうだろう。そして天使が生きのこった神の子らを護るだろう。兄弟らよ、苦行にはげみ、一時も時間をむだにせぬよう。一人のこらずですぞ。

（修道院長の腕は地軸のように、まっすぐのばされる）

一人のこらず。今日、すべての作業場はとざされるよう。悲しみのしるしに料理係は、かまに黒いパンしか入れぬよう。漁（すなどり）の修道士は網を引きあげるよう。死の怒りをやわらげるため、労働修道士らはできあがった壁をうちこぼつよう。酒倉係の修道士は川に葡萄酒をすてるよう。犠牲（ミサ）のための粉と酒樽がとってあれば充分です。合唱隊の修道士と工作係の修道士は、これまでつくった俗の作品をみなうちこぼつよう。最後の主の待降節が、人類の最後の四旬節にあわされたかのように、すべての像には布をかけなさい。厳しい法のもと、従わぬ者の一人としてなきように。これは《書かれた》ことなのであるから、と救世主はおっしゃる。これが運命(さだめ)なのだ。だれも惑わされぬよう。だれ一人、自分が救われる権利をもっているとは信ぜぬよう。正義の神は（みなに、教会のずっと奥で、ぎらぎら光るよく切れるつるぎが見えたような気がする）、ご自分のものはすべて、打ち壊すことも、失うことも、無に帰してしまうこともおできになる。人の子の御取りなしなくしては、だれ一人救われることを望めはしないのだ。かれは、（幻、血のしたたる十字架）ご自分の選ばれた者らのためにのみ、終りをいそがれるだろう。だれも自分をごまかさぬよう。それどころか、みな、神がみこころの広さをもって、すべてがそのあやまちを、迷いを、人類の罪を、つぐなえるようにとわれわれに給うこの時に、感謝するよう。アーメン。

（修道院長が説教壇から降りるあいだ、みなひざまずき、二重唱で次の祈りをとなえる）

第一合唱　主よ、われらのうちにおける、御身(おんみ)のなされしわざをたしかめ給え。

第二合唱　その教会に、終りなき平安とやすらぎを与え給え。

一同　アーメン。

第一時課のとき

週番僧　*Pater, Ave, Credo...*［主の祈り、アヴェ・マリアの祈り、使徒信経……］

（沈黙　週番僧はうたいつつ）

Deus in adiutorium meum intende.［神よ、われを救い給え］

一同声を合せて　*Domine ad adiuvandum me festina. Amen, alleluia.*［主よ、すみやかにわれを助け給え。アーメン、アレルヤ］

第一合唱　もう　光の星は　のぼり
　われらは　低き祈りを　神に　のぼせる。

第二合唱　みながこの日を
　自由に　けがれなくおくるよう。

第一合唱　すべての舌は　すなおに従い
　恐ろしきあらそいの消さるるよう。

第二合唱　精神の炎は
　破れを知らぬ肉のほとぼりを　さますよう。

第一合唱　やがて　日の暮るる時には

時が夜をもたらし

第二合唱　長き断食に輝くみなは

声をそろえて　うたえるだろう。

一同声を合せて　世紀にわたり　神に栄えあれ。アーメン。

葡萄酒の犠牲

教会の中では絶えてゆく合唱がきこえる。修道院はあれこれの忙しい生活の営みに活気づきはじめる。次々とくる、あるいはゆっくりとした、あるいは早い対照的な場面がつづく。どの場面も、ためらいと破られた平和が感じられる。

葡萄酒倉長の修道士はもう酒倉にきている。いくつかの酒樽、いろいろな道具、負いかご、じゃがいもの山、オート麦の山、くるみの山、田舎風な葡萄酒瓶、水がめ、木あるいはテラコッタの、特徴のあるわん。

酒倉係の修道士 今年はまったく貧弱な年じゃった。とり入れはすくなかった。そしていま、のこっているこの少しまで、すてねばならない。これはわしにはわからん。しかし、修道士はわからんでよいのだ……

（笑う）

しかし、葡萄酒も神さまがおつくりなされたものではないのかな。このためにわしらは汗を流し、くたくたになった——ことに今年はひどかった。せめて、一番上等の瓶だけは、少しばかりかくしておこう。

これはまるでわしのつくったもの同様なのだ。今年は、わしが葡萄をしぼった。このかたいわしの足でな。

や、しかし、修道士は自分の仕事の主人でもないのじゃ。

（一つの樽の横に腰をおろし、祭壇の小瓶ででもあるかのように、一本の瓶をやさしくなでる）

主でさえ、ご自分の血に変えるためには、葡萄酒を選ばれた。主はわしとおなじお考えだったのじゃ。院長さまとは反対じゃ。

（他の二人の酒倉係の修道士が、きしむ手押し車を押して入ってくる）

一番老いた修道士　さてフラテ・ライモンド、ミサのための樽はもう、わけたかね。

フラテ・ライモンド　しかしな、おまえさんはどうお思いかね、院長さまは……

一番老いた修道士　目上の方の命令は神聖なのじゃ。われわれは、従うだけでよいのじゃ。

フラテ・ライモンド　とはいっても、わたしは……

第三の修道士　こうすればどうでしょう。半分だけ川に流して、あと半分の葡萄酒は、祭壇におそなえする花の近くに、教会の横手のところに流したら。もし、まだもう一度春がきたなら、どんなによい匂いがするかわからない。

一番老いた修道士　しかし、もう次の春はないのだというに。

（フラテ・ライモンドはぼんやりして黙っている。二人は車に樽をのせる仕事を終え、年老いた修道士はフラテ・ライモンドに）

副院長さんにいいつけようぞ、おまえはわしらを手伝ってくれなんだとな。

（フラテ・ライモンドは、はっと顔色を変えるがすぐに平静になり）

フラテ・ライモンド　だが、フラテ・ノルベルト、どんなにつらかったか、おまえはおぼえてないのかな。

（ゆっくり、低い声で）

ほい、まだあるぞ、のんでみなされ。

（わんをさし出して）

最後じゃ。

一番老いた修道士　や、それではもうなにもいわんことにしよう。冗談だったのじゃ。

（三人は顔を見あわせてほほえむ。わんは手から手へとわたされ、修道士らは僧衣のそでで口をふく。まだ悲しいまま笑う）

一番老いた修道士　しかし、やっぱり、従わねばいけぬのじゃ。なんといっても、いまにみんな、おしまいさ。

（みなは、きしむ手押し車を外に出す。川のほうへ行く）

二人　千年、かっきり千年、千年、かっきり千年。

（フラテ・ライモンドの、荒れた無表情な頰を涙が伝って流れる。それはまめのできた手にも落ちる。まめを眺め、一つひとつそれをさわってみる。そのあいだに二人の修道士らは川に葡萄酒を流す、それは、広い赤い縞になって流れる。二人とも黙ったまま。じっとして、神聖な儀式を終えたかのようにそれを眺めている）

一番若い修道士　血のようだ！

パンの犠牲

粗末なつくりのかまの入口。小麦粉の袋、ふすまの袋、石臼の上に何人かの修道士がすわっている。負いかごに何ばいかのパン。

一人 ぼくには院長さまはひどすぎるように思える。
一人 修道士は批判してはいけない。
一人 だってこれは神のおめぐみじゃないか。パン一個で立ってられるというのか？
一人 信仰が補ってくれる。
一人 しかし労力が大きいのだ。
（そのとき、かま場長の修道士が、かまの口からいくつかの黒い小麦粉でつくったパンを出す）
かま場長の修道士 世の終りは、それはいつかはくるだろう。だけどぼくは信じない。
（みな悲しげでためらっている）
一人 積まねばいけないだろうか。
一人 そのほうがいいだろう。どうせもう終りは近いのだから。

（一同積みにかかる。その間にも声がきこえる）

声　千年、かっきり千年、千年、かっきり千年。

塀を壊す

一人　われわれの労苦の結実を、自分の手で壊すとは……いやはや……

（みな、つるはしをあげたままじっと立ちどまる。他の一人は教会から出てくる修道士らを見て、低い声でいう）

一人　すんだぞ！　どこまで仕事がいってるか、院長さんが見においでなさる。

（みな、いやいやながら、ふたたび壊しにかかる）

修道院長　あっぱれじゃ。おまえ方は死に先立っておる。自分たちのつるはしで、傲慢のたてたものを壊しなされ。

（今度は、他の僧らが各々の僧房に行こうと通りかかる。うしろから、ほとんど最後に、フラテ・ジェルマノ。破壊に余念ない左官たちを熱心に眺める。じっと、かれらを、同情の目つきで見る。それから、思い切ったように）

フラテ・ジェルマノ　おやめなさい！　もうこんなことはばかげていると思う人はたくさんいる。ただだれもそれをいう勇気がないだけだ。が、いまこそわたしがいうぞ、はっきりと。

（左官の修道士らは、びっくりしてかれを見る）

（まだ働いている者もいる）

やめなさい！　地球は破壊されはしないのだ！

何人か　わたしたちも、そう思っている。

フラテ・ジェルマノ　やめて、足場からお降りなさい。

（叫び声は、何人かの修道士にもきこえる。一人が近よってきて）

一人　これは反抗の叫びじゃ。

フラテ・ジェルマノ　そうです。死に対する反抗です。

一人　すぐに院長さまのところへ、それ。

他の人々　フラテ・ジェルマノが正しい。

（さわぎはさけられぬことになってしまう。修道士らが行ったあと、労働修道士らのみ、あとにのこる。ためらいと反対の意見がまじる）

一人　そうだ、あの人が正しい。ぼくは降りるぞ。

一人　そうではない。これは反逆だ。

一人　ジェルマノは煽動者だ。

庭師の修道士たちの吃驚（きっきょう）

牛小屋係の修道士　（一かかえの乾し草をもって通りかかる）長老さん、それじゃ、ろばの食い扶持も減らそうっていうんですか。

長老の修道士　主がわれわれになされたことは、家畜らや、すべての被造物（いきもの）にもあてはまる。かれらにもできるかぎり、世界すべての苦しみの重みを減らしてやりなさい。

（一群の修道士。みな年をとっている。やっとこさと道ばたを掃き、歩道を整理し、倒れた花をたてなおしてやる）

一人　今日は寒いのう、ノラテ・マンスエト。

フラテ・マンスエト　こぼしてはいけない。寒さも主がくだされるのじゃ。

一人　寒さは、死の息子じゃ。

フラテ・マンスエト　キリストの苦しまれてからは、死さえもキリスト教徒になった。そうではないかな、フラテ・シムプリチオ。

フラテ・シムプリチオ　しかし、人間だけが罪を犯したに、どうして草木や小鳥たちまで死なねばならぬのだろう。

フラテ・マンスエト　亡くなられたイルミナート院長は、こういっておられたぞ。人間はつくられたものの王じゃから、その配下にあるものもみな呪われたのだとな。

一人　じゃから、死は呪いなのだな。

フラテ・シムプリチオ　きのどくだな、では、わたしの芸香(うんこう)の花もわたしのために呪われたのか。

フラテ・ウミリアート　今年の冬は牧草はどうしたもんかな。去年のようにやはり藁でひさしをつくってやるか。

フラテ・マンスエト　今年はやらんだろう。わたしはもう、ポプラの樹皮の下に妙な寒さを感じている。去年伐り倒した樫は、見るから丈夫そうだったが、中味はすっかりくさっておった。

フラテ・シムプリチオ　松がもう、よい香の脂(やに)を出さなくなり、そのかわりにへんなかすのようなものがついてるのを知ってるかね。

フラテ・オットーネ　アンセルモがいっておったが、今年、鳩は巣に卵を抱かなかったとさ。

フラテ・シムプリチオ　だが若い労働方は、これはみんなわしらひま人の庭方のつくり話だというんだ。

フラテ・オットーネ　若い修道士らはもう信仰をもっておらんのじゃ。これはなによりも恐ろしいしるしだ。ことにフラテ・ジェルマノは！　最後でひどいことにならんといいが。

フラテ・シムプリチオ　どうしてだい。修道士でもひどい最後をとげることがあるのかな。

フラテ・マンスエト　修道士の中でも、地獄へ行った者があることはたしかだ。死んだあと現れて、僧房にはいうにいわれぬ硫黄のにおいをのこして行った。じゃが、これは、もうずっとずっと前のことじゃ。

フラテ・シムプリチオ　なんてことだ！　その人たちのために祈ることはできるのだろうか。

フラテ・マンスエト　この人たちのためにはもうおそい。が、フラテ・ジェルマノやあいつについている人らのためになら、そう、まだまにあう。長くはなかろうが。

船つき場の驚き

網のかたまり、船、槽、魚を入れるかごなどに囲まれて、漁(すなどり)の修道士ら。

一人　いやだ。わたしは魚をすてるのはいやだ。主だって肉を食べてはいけない時は決められたが、魚のために時は定められなかった。

一人　売ればその金で神さまの家をおつくりすることだってできるのだ。

一人　や、しかしもし世の破壊が起こるなら？

一人　そんなことはわからん。そのうちにだってたてることはできるのだ。

一番古参の修道士　しかし、石の上に石ものこらんということじゃ。

二人か三人同時に　そんなことをいっておらずに、従おう。

（夢でも見るように、悲しそうなフラテ・ジェルマノがやってくる）

一人　ああ、フラテ・ジェルマノ、修道院長か副院長さまかと思ってました。

フラテ・ジェルマノ　恐れの子ら！　恐れ！　だがみんな一体なにを恐れているのです。神がこわいのですか、人間がこわいのですか。

（沈黙）

そう、高貴な、強い、昔の修道士がこわいのだろう……ごめんなさい。あなたが悪いのじゃない、わたしたちが悪いのだ。罪を犯したのはわれわれなのだ。明日は仕事をはじめましょう。生きはじめよう！　恐れてはいけない。地球は破壊されはしないだろう！　死のあとでさえ、キリストは海辺で焼いた魚をめしあがった。生の再開がわれわれの信仰のしるしになるだろう。死ぬことのない信仰の。

フラテ・ジェルベルト　そうだとも！　われわれはまちがっていた。魚を売って教会をたてよう。

フラテ・ジェルマノ　それはいけない。魚はこまっている人にあげなさい。教会は愛でたつので、金ではない。逆らってはいけない。わたしはただ、いのちのみを信じなさいというのだ。

修道士　（幕のうしろから一人の修道士が出てきて）きいたぞ。もう修道院中がこのことを話している。

（フラテ・ジェルマノを指さして）

これが異端者だ！

フラテ・ジェルマノ　わたしは異端者ではありません。いのちは死なぬというのです。いのちは死ぬべきでないというのです。わたしはだれもそそのかしはしません。ただみな、死ゆえにではなく、いのちゆえに従わねばならぬといったのです。愛ゆえに、恐れゆえにではなく。

修道士　（かっとして）女の夢を見る男！

（フラテ・ジェルマノはびくりとするが、黙って動かない）

一人の漁の修道士　フラテ・ジェルマノが正しい。あなたがたはわれわれを、時もこぬのに殺そうとなされる。むこうへ行きなされ。

（漁の修道士は、興奮しておどかすような身振りをする。がすぐにフラテ・ジェルマノに押えられる）

フラテ・ジェルマノ　いけない！　ぜったいにそれはいけない。愛を傷つけてはいけない。ただみな、望みをすてなければいいのだ。

（修道士は恐れて逃げる）

修道士　たいへんだ！　暴力だ！　暴虐者です。

フラテ・ジェルマノ　（かけてゆく修道士をよびながら）フラテ・スルピチオ、おお、スルピチオ修道士、とまりなさい。

（少したって）

行ってしまった。あの人まで院長さまのところへ行ってしまった。

若い人々　ジェルマノ、われわれは君に加勢しよう。

（他の人々は一方、黙って離れて立つ）

フラテ・ジェルマノ　こんな風にではだめだ。愛のためにでなければ。修道院に巣くった死に打ちかつ準備をしよう。われわれは死にたたかいを挑まねばならない。人間に対してたたかうのではない。院長さまとなど、とんでもないことだ。あの方は、信仰のあつい方で、ただ誤解しておられるのだ。死が訪れると。

フラテ・アデオダート　わたしにはなにもわからん。が、ジェルマノよ、おまえについて行くよ。

二人の玄関番の修道士と、女

一人は若く、一人は年とっている。一人は院長側、一人はフラテ・ジェルマノ派。二人ともおとなしく静かである。手に大きな鍵束をもって修道院の各扉をまわっている。

若者　だがフラテ・ウバルド、一体この死の考えはどうしたというわけなのですか。
老人　もし人間が死を信じなくなったらもうおしまいだ。
若者　それはそうでしょう。だけど、ちょっとちがうのではありませんか。死は美しいものです。
老人　死はきたならしいものだ。聖人たちもどんなに恐れていたか知ってるだろう。
若者　しかし世界の最後の破壊というものはあるのでしょうか。
老人　いつかはわからないが、必ずある。兆（きざし）はもう疑いない。この春はもうつばめの帰ってくるのに会えぬかもしれぬ。われらの父なる聖ベネデットは、もうあのつばめたちを天に迎えてしまわれただろう。
若者　それでは、フラテ・ウバルド、つばめたちも天国へ行くのですか。
老人　フラテ・マリアノ、だれ一人、だれが天国に行ってだれが行かぬかはわからないのだ。他のだれより年とっていて、六十回もの待降節ごとに修道院の扉を閉めてきたわたしさえも、必ず行けるかどうかはいえないのだ。

（橋と町につづく道に面した正面の入口につくと、一人の女がすわっているのを見つける。若い女で、少し蒼い顔をして、寒そうにしている。どちらかというと上流に属する衣服をつけている。強い性格。少しとまどった様子）

若者　女が！

老人　しっ、気のつかぬふりをおし。

女　修道士たち、お願いです。もう一週間以上もお会いしたいとお願い申しているのです。遠くから参ったのです。

若者　失礼ですが、どなたとお会いになりたいのです。

女　フラテ・ジェルマノに。

（二人の修道士はとまどって顔を見あわせる）

老人　だが……だが……おお、フラテ・マリアノ、女と話すことはできない。

女　でも他の女の方たちはゆるされているのです。

老人　しかし今日は、待降節がはじまったのじゃ、御婦人、苦行の時がな。

女　ただ一瞬だけ、ひとめだけ。大事なことです。もう一週間も……

老人　どうしてよいかわからぬ。いいつけは……われらの聖なる規則は……

女　ただフラテ・ジェルマノに会うことだけを禁じて？

老人　われわれはなにも存ぜぬ。われわれは修道院で一番身分の低い者たちなので。

女　だけどせめてあなた方が、わたしの気持ちをわかってくださったなら！

老人　フラテ・マリアノ、世界の破壊は近いのですぞ。

若者　フラテ・ウバルド、ちょっと院長さまのところまで行ってきては……

老人　いかん、冗談でないぞ。

女　お願いです！

若者　どうでしょう、わたしが……

老人　いかん、マリアノ、閉めよう。御婦人、すまぬがどうにもならんでな。

若者　あ、けれど、もしちょっとなら。

老人　（強く）マリアノ！　（女に）だめだ。さようなら。たぶん天国でまたおめにかかるかもしれぬ。式がはじまる。この日の夕方から、修道院の扉は降誕祭まで閉まるのだ。

女　それではせめてあの人に、わたしが訪ねてきたとおっしゃってください。そういえばわかるかもしれません。

老人　おお、おお、そういおう。さようなら。

若者　フラテ・ジェルマノはよく山のほうにおいでです。

老人　いってはならぬ、マリアノ。さよなら！

（老人は扉をぴしゃんと閉める。少し顔を興奮させる。若者は静かで悲しげ）

老人　少し待ってみよう。行ってしまうかどうか見ていよう。

（そっとあけてみながら）

ああ、行ってしまった。フラテ・ジェルマノがよく山へ行くといったのはまずかったぞ。

若者　どうしてでしょう。

老人　顔を見たかい。
若者　神のような顔でした。
老人　女は罪の巣じゃ。
若者　わたしたちのお母さんたちでもですか。
（歩きながら）
でも院長さまにはなにもいわずにおきましょう。
老人　ああ、フラテ・ジェルマノという人は！　あぶないぞ。時間のあるうちに神があの人をお憐れみくださるように。
若者　われわれも？
老人　もちろんわれわれもじゃ、われわれもだとも。千年、かっきり千年、千年、かっきり千年。

修道院長の部屋で

　半分は山の中腹の洞で、あと半分は、石灰と泥でつくられた飾りけのない粗末な僧房。他の僧房より少し高い場所にあり、教会の横、修道院をなす小屋の群の中心。そしてこれは、修道院とはいうものの、最近、山から川岸におそってきて、人民と市に駐屯する軍隊とのあいだにたたかいを起こした一隊の掠奪を、かろうじてまぬがれたという程度の、古ぼけた掘立小屋の集まりにすぎぬ。いまも、袋を肩にした未開な顔つきの男が、塀の外をうろつきまわっている——時代の暴力の象徴。しかし修道院は、自然な、田舎風な、純粋な貞潔感をまとっている——原始的な素朴な光景。どうにかこうにか保たれた平和。どちらかというと、重苦しい、たけだけしい平和。地球のこの野蛮な一隅から、文明の次の時代を建設することになる修道院制度の新しい波が立ちあがるだろうということは、いまやはっきりしている。広びろとした境内、入口はもう閉ざされ、でこぼこの道は掃ききよめられ、僧房も畑も、辻のやせこけた十字架も、朝に似た、しかしもっとのびのびとして厳かな日の入りの音楽にひたりきっている。しじまがふたたびあたりを支配し、森の歌がはじまる。年とった修道士の副院長は修道院長の部屋にむかって歩いている（僧房と石に穿たれた洞窟の他に集会所と客間の幕がある）。かれはどちらかというと敏捷な、興奮した足どりで歩く。いま、修道院長の家のしきいについたところ。

副院長 *Benedicamus Domino.*〔われら主を讃えん〕

修道院長 （洞穴の中から、ゆううつな声で）*Deo gratias.*〔神よ、感謝します〕

（少し震えながら、洞から出てくる。終日、自らの肉体に与えた長い苦行のあとを見せながら。立っているのもやっと、という様子。すぐ椅子にかける。岩に彫られた、修道院長の座にふさわしいともいえるこしかけ。その座の両横には、聖書、福音書のことばの刻まれた石の板。右の板には次のように書いてある。《斧はもう木の根もとにあてられている》もう一方の石板には、《わが後に、汝らを火と聖霊によりて洗うべきものが来る（きた）べし》）

修道院長 断食も祈禱もこの反抗の悪魔をこらしめることのできぬのは、これがはじめてだ。ひょっとすると、このわたしのひどい苦行もなんの役にもたたぬのかもしれない。

（肩は少し露わになっていて、強く笞打ったあとが見える）

副院長 院長さま、そんなことはございません。あなたは苦行でもって、傲慢という人間の最悪の敵をお破りなさいました。ここにわたしの参りましたのは、他でもございません。修道院中に、どうにか平和がもどったと申しに参ったのです。お命じになったことはすべて行われました。いまこそ、この悪を根こそぎにしてしまうのが必要なことは、あまりにもはっきりしております。中心の根を引きぬけば、木は倒れてしまうでしょう。このいうにいわれぬ混乱のまず一番の原因が、フラテ・ジェルマノであることになんの疑いもございません。いま、多くの者たちの願いにより、刻をうつさず行動にうつられることをおすすめ申します。神はあなたさまに、すべての権力をお与えなさいました。あなたさまは規律でいらっしゃいます。そして規律は修道院の秘蹟なのです。今日の日をはじめたあなたの偉大な御説話は、主のみことばに対する誠実と忠誠のかがみでございました。最後の待降節へのたましいの準備を一時なりともくつがえすことのできたのは、女の夢を見るような者だけです。もう迷ったり疑ったりしているときではございません。わたしどもみなを救いにお導きください。それからおきざりにされたい者だけが、おきざりにされますよう。

修道院長　夕暮れの時、黙想の時は近づいた。たましいたちが神の思いに憩うままにさせよう。鐘をすぐにつくよう、みながいつもの倍の黙想をするよう、命じていただこう。それも、天のもと、寒い中で行われるように。苦行をあわせ行うためだ。めいめい自分の天幕の入口にひざまずくよう。われわれはそのうらに監督のためにまわって歩こう。

副院長　御命令どおりにいたしましょう。

（すぐあと、老人は、大きな十字架の前にくずおれるようにひざまずく。そのことばは石のように重い）

修道院長　わたしをごらんください、主よ、わたしはここにおります。樫は身をかがめるよりは折れると申します。父よ、あなたのお望みがすべてわたし共のうちになされるようおとりはからいください。そしてもし、他の人々が正しいのなら……もしわたしがまちがっているのなら……わたしに眼に見えるしるしをください。わたしは、手にふれなければ信じられないのです。あの人たちは夢を見ているのです。わたしは計算しています。死をくださってもかまいません。おっしゃってください。わたしは、この腐敗と肉のからだに暴力を惜しみませんでした。そしてあなたは、あなたの無垢な御子があなたの斧のもとに打たれたときさえおかまいになりませんでした。

だから、お願いです。御いましめが守られるよう、わたしをお伐りください。

黙示録の二章

黙想の鐘はもうなった。参事員の四人は修道院のそれぞれ定められた場所から、今日の黙想には苦行が加えられることを告げる。

第一の参事員 兄弟たち、今夜は黙想を倍にしましょう。この日のあやまちのつぐないのために。

第二の参事員 兄弟たち、われらの怒りの上に太陽を沈ませぬよう。石の上にひざまずきましょう。

第三の参事員 兄弟たち、聖書の沈黙のうちに心を注ぎましょう。心のうちに霊の火を燃えたたせましょう。

(修道院のいろいろな場所から命令がとどき、入り乱れる一方、修道士らは少し疲れて打ちしおれてはいるが、黙想へと入る。粗末な祈禱台、アカシアあるいは樫の、自然のままの枝でつくられた座席、外壁の棚には、あるいは聖書台のようにつくられた木の幹の上には、聖書がのっている。次に副院長が、そこここを歩きながら、大声で聖書のことばを読みあげる)

副院長 使徒ヨハネの黙示録のことば、二十章第一節より第十節まで。《そしてわたしは、底知れぬ深みの鍵と大きな鎖とを手にもった天使が、天から降りてくるのを見た。天使は龍を、すなわち太古の蛇である悪魔をつかみ、千年ものあいだ鎖につないで、底知れぬ深みに投げ込んでその入口を封印した。千年が終るまでは、もう諸国の民を惑わすことがないように。その後は、少しのあいだ、解き放たれなければならない。……しかし、その他の死者は千年間が終るまで、生き返らなかった。これが第一の復活である。この第一の復活にあずかる者は至福の者、聖なる者である。この人たちに対して、第二の死はなんの力ももたない。かれらは神とキリストの祭司となってキリストとともに千年のあいだ君臨する。千年が終るとサタンが解き放たれ、その牢獄から外に出て、地の四方にある諸国、ゴグとマゴグを惑わし、たたかいに召集する。かれらの数は海の砂のように多い。かれらは地の表面に広がり、聖徒たちの陣営と愛された都を取り囲んだ。しかし、神は天より火を下してかれらを焼き尽くした。かれらを惑わした悪魔は、火と硫黄の沼に投げ込まれた。その沼には獣と偽りの予言者もあって、永遠に苦しめられるであろう》

（ことばは天幕から天幕へ、たましいからたましいへと伝わって行く。ある者は賛意を表して、あるいは喜びにうなずく。他のある者は、この恐ろしい場面におののく。からだを深くかがめ、ひざまずいている。木のように打ち倒されたからだ……）

酒倉長の修道士　（低い声で）千年、かっきり千年。千年、かっきり千年。

（このことばをきいてフラテ・ジェルマノは、ふしぎな心のさわぎをおぼえる。そしてあるところまでくると、深い悲しみにおそわれる）

フラテ・ジェルマノ　そうではない。これが聖書の全部ではないのだ。ほかにもある。もっと先に、ほかのことも書いてあるのだ……

（読誦が終ると、かれは他の僧らに見られずに、川のほとりの糸杉のもとに行き、小さ

な声で聖書の他の部分を読む)

フラテ・ジェルマノ　黙示録二十一章。《またわたしは、新しい天と新しい地とを見た。前の天、前の地は消え、海ももうなかった。そしてわたしヨハネは、聖なる都、新しいエルサレムが、夫のために着飾った花嫁のように整えられて、神のもとを出て天からくだってくるのを見た。そしてわたしは、御座から大きな声がこういうのを聞いた。「見よ、神の幕屋と、それとともにいる人々を。神はかれらとともに住み、かれらはその民となろう。神ご自身がかれらとともにおられて、かれらの神となる。そして神は、かれらの目からすべての涙をぬぐってくださり、もはや死も悲しみも叫びもなく、苦しみもなくなるだろう。先のものはすぎ去ったのだから」そして御座にすわっておられる方がいわれた。「見よ、わたしはすべてを新しくした」そしてわたしにこういわれた。「書きしるせ。これらのことばは信ずべき、真実のものである」さらにこういわれた。「ことはすでに成った。わたしはアルファであり、オメガである。はじめであり、終りである。わたしは渇く者には、いのちの水の泉から見返りなく水を与えよう。勝利を得る者は、これらのものを所有するであろう。わたしはかれの神となり、かれはわたしの子となる。しかし、臆病者、不信仰の者、憎むべき者、人を殺す者、姦淫を行う者、心を腐敗させる者、偶像を拝む者、偽りをいうすべての者に与えられる場は、火と硫黄の燃える沼、すなわち第二の死である」》

たましいとからだ

いま、陽の沈むとき、一番静かな時の一つである。糸杉の木立は酔いしれた雀の集まり。しかしこの大いなるはしゃぎのうちにも、みみずくの単調なつぶやきが悲しげ。川は甘くやさしい調べを奏で、フラテ・ジェルマノのゆっくりとした、愛にとりつかれたような読誦のつづくとき、副院長は大またに修道院長のもとに行く。

副院長　*Benedicamus Domino.*
修道院長　*Deo gratias.*
（やっと、しかし力を入れて立ちあがる）
副院長　とうとうみんな黙想に入りました。
修道院長　おおフラテ・ドニツィオーネ、わたしは疲れた。
副院長　父よ、最後のたたかいです。
修道院長　わたしは神にしるしをお願いした。死を。
副院長　父よ。
修道院長　しかし、行こう。義務は一人の人間より大切だ。

（一緒に歩く。修道院長の歩調は真の統率者のそれ。しかしもう疲れきっている。尊敬のしるしに何歩かさがって、副院長のフラテ・ドニツィオーネ。広いそでに手を入れて彫像のように姿勢がよい。かれらが通ると、すべての修道士らは、深く頭をたれる。フラテ・ジェルマノだけが、命令に従っていないことを発見する。かれの祈禱台は空。黙って二人は顔を見あわせ、首を軽くふる。低い声、ささやくように）

副院長　院長さま、お決めにならねばいけません。

（かれは、ぼんやりと放心したように川を眺めているところを見つかる）

修道院長　フラテ・ジェルマノ！（強く）フラテ・ジェルマノ！

フラテ・ジェルマノ　院長さま……

修道院長　おまえはわたしの眼を遁れたと思っていたのだろう。おまえはわたしが天幕をとおし、壁のむこうにあるものをも見ることができるのを忘れたのだろう。わたしははっきり知っていた。ある声が、またおまえのなまけているところを見つけるだろうといっていたのだ。黙想しない修道士は、羽のない小鳥、波の外の魚だ。千回も注意したあげく、またなにもしていない。川のほとりでなにをしていたのだ。

（副院長に）返事をしない。この僧はもうなにもいえない。副院長、わたしも、決めるときがきたと思う。

フラテ・ジェルマノ　どうぞそれは！　どうかお慈悲を！

修道院長　慈悲……慈悲は愛で、愛は正義を要求する。わたしは法を守るものだ。わたしは破壊するためにでなく、つくりなおすためにきたのだ。法の一片なりともが地に落ちる前に、天も地も破壊されるだろう。そしておまえは法に従う者という証拠をあげたことはない。ここにあって、おまえは不規律だ。おまえは愛に逆らった。ある一点にくると、慈悲は正義であることを余儀なくされるのだ。

副院長　院長さま、参事会をお開きになればよいでしょう。フラテ・ジェルマノは規律のもとに生きられぬ人間です。水はどんな量であってもふちをこえることはできぬのです。あらゆる樹木も、動かぬ定まった季節に生まれ変わります。あらゆる被造物はその定めにしばられているのです。この男は目的をもっていません。院長さまには申しあげませんでしたが、何度この人がなまけているのを見つけたかわかりません。何度、他の修道士らを俗っぽい異端説でそそのかしたときいたかわかりません。何度ひそかによんで、これからは度をこえぬ、甘いくびきに従うと約束させたかわかりません。自分のたましいの救い以外にはなにも考えぬと、肉体を死の定めに従わせると。

フラテ・ジェルマノ　うそです。そんなことをいったことはございません。約束したことはありません。それは肉体の問題なのです。わたしのこのからだの、このつくられしものの（土を一つかみつかんで）教会である、活けるキリストである、この神秘のからだの……

修道院長　たしかに、キリストは活きておられる。しかし霊のうちにだ。教会、霊たちの教会、それがキリストのからだなのだ。それ以外は世のむくろでしかない。それ以外は肉だ、腐敗だ。われわれは終りに近い。そしてあらゆる終末は思想の混乱をもってくる。この人は滅びた。裁かねばならぬ。できるかぎり早く参事会を開くように。わたしは老いた。これが、わたしの最後の悲しみだ。失敗で終るということ、愛したにちがいない小羊を迷わせて終るということは。しかし、出て行きなさい。他のすべてが助けられるため一人が死ぬほうがましだ。

フラテ・ジェルマノ　わたしのたましいは、わたしのたましいは！

修道院長　われらのたましいは！

フラテ・ジェルマノ　たましいと肉体の破壊などない。

副院長　汎神論者、わかっておった。

フラテ・ジェルマノ　人間すべてが、人間全体が、神につくられたものが救われねばといったのです。

修道院長　わたしは、この男はここに礼服をつけずに入ってきたといったのだ。手も足もしばられて外の暗やみにほうり出されるよう。それだけだ。行こう。

（この衝突のあと、修道院長と副院長は動き出す。前者は悲嘆にくれてほとんど走るように、後者は突き動かされるように。同時に、面目を失った怒りの火に燃えつくされながら。曲がり角で修道院長はよろめき、ほとんど地に倒れる）

副院長　院長さま、落ち着いてください。もう解決したのです。

修道院長　終った。

副院長　これが最後のたたかいです。

修道院長　猟師が熊を打つように神がわたしを打ちのめされるのを感じる。

副院長　しかし正義は守りとおされるのです。

修道院長　たぶんそうかもしれない。しかし慈悲は守られない。

副院長　慈悲も後には。

修道院長　そうかもしれぬ。前に進むこと、決めることはよい。神は成功に必要なあらゆる武器をもっておられる。死までも……わたしの死までも。

修道院長　いや、これでよいのだ。わたしはもう行こう。

副院長　院長さま。

副院長　院長さま。

修道院長　これで充分だ。くるところへきた。ありがとう。参事会を招集してください。

（かれは僧房の入口で一人になる。修道院長は僧房に入ると十字架のもとに身をなげかけ、それを壁からはずし、ひざの上において、なで、接吻する。自分の足を腕をなで衣をぬぐ。主のように、むくろのようである）

修道院長　これで安心した。わたしはあなたのようです。この夜、わたしを磔(はりつけ)にすればそれでなにもかも終るのです。しかし、おおキリストよ、わたしが地から揚げられたとき、みなをあなたのもとにつれて行きましょう。

（外の景色は薄暗がりにつつまれる。しんとした静寂のうちに梟だけがのこり、かげに限りない広がりの感じを与える。フラテ・ジェルマノは泥と石の自分の僧房のほうへやっとの思いで歩いて行く。かれも十字架の前の土の上にすわる。肩を岩にのせ、打ちひしがれ、絶望的な静けさを見せて）

フラテ・ジェルマノ　主よ、わたしのたましいの暗がりはすっかり深まってしまいました……《またなにもしていない》——またおなじおどしです。《おまえは愛に逆らった》と。なんていう思い出！　アウレリア、アウレリア！　それではわたしの生活の中ではなに一つ変えられなかったのか。まだおなじ声がわたしを追い、わたしをふみにじる。主よ、だれが正しいのですか。あなたなのでしょうか、それともアウレリアなのですか。あのいつもの叱言。だれが正しいのでしょう。《おまえは愛にそむいた》主よ、主よ、息がつまります。死にそうです。

（少しして、突然、いままで馴らされたと思われた以前の怒りにとらわれでもしたかのように、僧房の扉にかけ寄り、右左を見まわす。そして興奮した足どりで山のほうへかけだす。幕のうしろでは、ただちに第一の修道士らのグループが集まる。かれがなにも知らずに夢中で話していたあいだにも、もうかれらの音はきこえていた。いま、みなはかれのまわりに押しよせる。日の最後の光がかれらの顔をかすかに照らし、瞳をきらめかせる）

一人　フラテ・ジェルマノ！

（フラテ・ジェルマノは驚いてかれらのほうをふりむく。見つかってしまったという顔をする）

フラテ・ジェルマノ　愛する人たち、わたしをほうっておいてください。空気がほしいのです。

一人　わたしらはあなたの味方をしよう。

フラテ・ジェルマノ　わたしを一人でほうっておいてください。ありがとう、あなた方にはわたしがおわかりにならない。ゆるしてください。

一人　修道院長はむこうです。とまってください。参事会の中にはもうあなたのためにたたかおうと申し出たものがあるのです。

他　ジェルマノ、われわれを見すてるな。

一人　夕の祈りまでには時間がある。とまりなさい。もう院長は行ってしまった。

フラテ・ジェルマノ　ああ、《修道院長は行ってしまった！　院長はもういない》。（強く）これは偽善でしかない。修道院長はいない。《かれは遠くからでも、壁のむこうにあるものをも見透すのだ》恐れの子らよ。おまえたちは一人の人間の眼を恐れているのか。これは臆病なことだ。ゆるしてください。

（また逃げだす。かげの一群は驚き恐れ、とまどう。一人はかれを追い、衣をつかむ。とどまらせようとする。熱情をこめてかれにいう）

一人　ジェルマノ、愛にそむいてはいけない。

（ジェルマノは急に足を止める。ほとんど自分にむかってどなりながら）

フラテ・ジェルマノ　《愛にそむいてはいけない……愛にそむいてはいけない！》

一人の老僧　（皮肉な顔つきで幕のうしろから大声で笑いながら出てくる）あっはっは。あれは狂っている。狂っている！　だれもかも狂っている！

女と修道士

ついに木立にも平和がもどる。しかしジェルマノは感動して疲れを感じている。キリストのからだのない木の粗末な十字架の下、石の上に腰をおろしている。心から泣きたい気持ちでいる。

フラテ・ジェルマノ （うしろへ倒れそうになりながら木を見あげて）わたしが望んだのではありません。主よ、あなたがわたしを誘惑したのです。

女 フラテ・ジェルマノ、ジェルマノ……

（かれの片方の手をとって）

クラウディオ……クラウディオ・デリ・インノチェンティ！

（フラテ・ジェルマノはびくっとする。すぐに落ち着きをとりもどして、頭巾をかぶり、女はかれにほほえみかけながら見つめる）

女 クラウディオ……

フラテ・ジェルマノ （眼を見開いて）アウレリアか！

女 七日前から待ちました……何年も。もうだめだと思っていました。

フラテ・ジェルマノ　どうしてわかったのか。

女　なにもかも。女の心は海の貝殻です。

フラテ・ジェルマノ　遁げなさい。みなに知れる……そうではない、悪かった。みなが知ってどうだというのだ。

女　クラウディオ……

フラテ・ジェルマノ　わたしを追ってくるのはかれなのだ。

女　クラウディオ、いまでもわたしを愛しててくださるの？

フラテ・ジェルマノ　それはかれが知っている。

女　クラウディオ……

フラテ・ジェルマノ　むこうへお行き。クラウディオは死んだ！

女　だけどアントニーノは生きています。わたしの胸のうち、地の下で、わたしたちの実。

フラテ・ジェルマノ　（まるで酔ったように、そして掻きまわされた傷に身をふるわせて）アウレリア、しかし、神がかれをとられたのなら。しるしだったのだから……

女　わたしはまだあの子がお乳をすっているのを感じます。わたしのひざに足をつっぱって。あの子の眼はあなたのとおなじ色だった。

（フラテ・ジェルマノは沈黙の波のうちに打ちひしがれている）

女　いまでもあの子の泣き声が、一人でうちにいるときこえます。つむぎ竿は夜おそくまで、あなたとあの子のためにまわっています。

フラテ・ジェルマノ　（墓場から出てきたもののように）しかし死が……

女　しかしいのちが。
フラテ・ジェルマノ　それでは死が勝ったのだ……
女　では、もっと他のいのちを……
フラテ・ジェルマノ　ちがう、あのいのちだ！
女　もっと他の子供たちを。
フラテ・ジェルマノ　そう、死ぬことのない。あれからわたしは死と仲なおりしなかった。
女　でもわたしは、あなたのいのちの痕跡です。あなたがわたしを選んだのです。そして町じゅうの人にうしろ指さされるのは、どんなにつらかったか。
フラテ・ジェルマノ　神が仲に入られた。
女　しかし神は、子供がやどるごとに仲に入られるのです。
フラテ・ジェルマノ　すべて女から生まれたものには、神が、そして次に死が。しかしわたしは死に打ちかちたい。
女　（叫んで）けれどこれはわたしなりの死に打ちかつ方法なのです。
フラテ・ジェルマノ　（懇願するように）アウレリア、みなにきこえるかもしれぬ。
女　アントニーノがきいています。
フラテ・ジェルマノ　（もう平静をとりもどして）そう、神のうちに。
女　あれはわたしのものです。あなたも昔はわたしのものだったように。
フラテ・ジェルマノ　いまでも二人とも神のうちではおまえのものだ。十字架につけられて。アウレリア、この十字架をごらん。わたしはこれとおなじようなのを、キリストのついていないのを、もっている。

女　自殺！

フラテ・ジェルマノ　それではかれもだ。

女　けれど、かれは愛にそむきはしなかった。あなたが行ってしまったとき、わたしは声のかぎり叫びつづけた。いまそのおかえしをしてもらいましょう。はじめにわたしを愛したのはあなたでした。わたしのからだをあなたは愛撫しながら、こういっていました。木のように、聖櫃のように……と。そのからだをふみこえてあなたは行ってしまった。

フラテ・ジェルマノ　アウレリア、黙ってくれ……

女　あのときから、わたしはあなたの二本の手を、二本の櫂のように思っています。わたしはあなたの海だと、あなたはいっていた。

フラテ・ジェルマノ　帰りなさい。（立ちあがり）もしおまえが大海原だったとてわたしには足りない。このわたしの両手は、そのなかでは動くこともできなかった。自由にこぐことができなかった。それがわからないのか。

（立ちあがり、両手を横にさしあげる。衣の大きなひだがその広さをはかりしれず大きく見せる。あたかも地から揚げられたかのごとく、そのままじっと動かずにいる）

主よ、わたしを救ってください。

女　わたしを救ってくれ？　そしてわたしは、わたしをだれが救ってくれるのですか。

フラテ・ジェルマノ　もちろんおまえも……一緒に。

女　クラウディオ！

フラテ・ジェルマノ　いけない、クラウディオは死んだ。おまえのために死んだ。いま生きているのはフラテ・ジェルマノだけだ。

女　いま生きているのは傲慢のつくったものだけ。

フラテ・ジェルマノ　アウレリア！

女　このフラテ・ジェルマノというお方はわたしでは満足なさらぬ。わたしがあんまりちっちゃいものでの。けれどこの人は、わたしのからだの大きさをはかっただけです。わたしのからだを見ただけ。腕はわたしの腰をふたまわりしていました。けれどかれはわたしのたましいを見なかったのです。わたしのささげたもののかぎりない大きさをはかってくれないのです。

フラテ・ジェルマノ　そんな風にいうのでない、アウレリア。わたしはおまえのをはかった。しかも、かれのをもはかったのだ。おまえのたましいと、かれのたましい。だめだ、わたしはかれに逆らいきれなかったのだ。わたしのささげものの価をわかろうとしないのは、今度はおまえだ。おまえこそ、どれだけわたしがつらい思いをしたか考えてもくれない。それさえ、われわれがかれにかけさせた苦しみとくらべると、無にひとしい。

女　でもいまは、わたしをつかわしたのはかれです。愛なのです。ほかでもない……あなたを救うために……あなたは逆らうわけにはいかない。修道院だってあなたには小さすぎる。

わたしはせめて、あなたのマグダラのマリアになることで満足しましょう。

フラテ・ジェルマノ　アウレリア、それはわたしにはできない。わたしは主ではない！　わたしの肉は弱いのだ！

女　かれのだって弱かったのです。かれは自分を罪の肉体でつくられたとあなたはいっていたでしょう。

フラテ・ジェルマノ　しかし、わたしの罪のだ。それを自分のうちでとかしてしまうために。わたしだってそのようにせねばならぬ。人の罪でだ——みなが救われるのを助けるために。

女　それではわたしのも、とってください。

（もうジェルマノも涙をおさえることはできない。女の髪を軽く愛撫する。そして、むりに力を入れて神にむかう——押しつぶされたぬれた声で）

フラテ・ジェルマノ　いつまで、主よ、いつまでなのですか。はじめわたしはあなたとたたかい、人間とは平安をたもっていました。いまわたしは人々とたたかい、しかもあなたは未だにわたしを、あなたの平和の岸につれて行ってくださらない。主よ、どうしてこんな風になさるのですか。どうしてなのですか。そしてわたしたちがころべば、お怒りになる！

女　でもクラウディオ、あなたはわたしをわかってくれないのです。わたしは誘いではありません。わたしは、あなたが内にいだいている、あなたの愛なのです。

フラテ・ジェルマノ　わかっている。アウレリア、わかっている。わたしはおまえを愛したからこそおまえをすてた。わたしは地をすてた。それを愛していたからだ。そしていまでも愛している。

女　ではわたしが、わたしのアラバスターのうつわをあなたの頭の上でくだくのもほうっておいてください。わたしに他の苦しみはありません。あれ以来、他のだれをも愛することができなくなりました。

（一瞬のち、両手に香水をふりかけ、それをかれのひげに髪に足にふりそそぐ）

フラテ・ジェルマノ　いけない、アウレリア、おやめ！　だれもかも気がつくだろう。そして他の醜聞にまた新しいのが一つふえるのだ。

女　どうして？　帰るつもりなの？

フラテ・ジェルマノ　（かの女をゆっくり見つめて）もちろん。いまは以前よりすっとした気持ちだ。たたかいのしたくができたようだ。

女　だけど、きっと追い出されるわ、自分で出て行くかわりに……わたしと一緒に。クラウディオ！

フラテ・ジェルマノ　いけない！　クラウディオは死んだ。

女　でも、わたしはもう一度蘇らせてみせる。

フラテ・ジェルマノ　もうここへ来てはいけない。それどころか、わたしはもう二度とここへ来ないだろう。

女　むごい人！

フラテ・ジェルマノ　おまえへの愛と、すべての人への愛のために。

女　人類はわたしです。愛は花咲くことを求めます。

フラテ・ジェルマノ　石さえ花咲くことを求める。

女　だからあなたは追い出されるでしょう。あなたはサタンのように石をたましいに変えたがっているのです。（皮肉に）《この石にむかいて肉になれといえ》

フラテ・ジェルマノ　わたしは大きな神の家をつくりたいのだ。植物も、根さえも救われなければならないからだ。

女　わたしは植物でした、根でした。

フラテ・ジェルマノ　いまはかれだ。かれの血が、猛り狂う波のように、わたしにおそってくるのを感じる。さらば！

フラテ・ジェルマノがわかれのことばをいう少し前から、丘の崖のほうから、まだよくききとれぬ声がきこえてくる。フラテ・ジェルマノは身を起こして耳をすます。女はなにも感じぬかのようにもの思いに沈んでいる。声はもっとはっきりしてくる。

声 こっちだ、こっちへこい。ひょっとしたら十字架のところかもしれぬ……ジェルマノ、ジェルマノ！

フラテ・ジェルマノ （女に）さよなら……さよなら！

（いい表せぬほど苛まれるようすで、うしろむきに歩きながら、よろめくようになる）

声 ジェルマノ、ジェルマノ！

（丘のふもとから混乱がひどくなってくる。入り乱れる声、松明の火）

フラテ・ジェルマノ さよなら！

女 ひとごろし！

フラテ・ジェルマノ （新たに傷つけられてびくっとする。もっと強く決心して）さよなら！

（丘をななめにさっと遁(に)げおりる。同時に声はだんだん近づき、炎のゆらめきが見えて

くる）

声　ジェルマノ、われらをすてるな、帰ってこい！

女　ジェルマノ！　ジェルマノ！　あなたは愛にそむいた！（強く）ひとごろし！

（突如、すべての声が静まる。炎のゆらめきもふいにとまる。森は一瞬、不動の姿をとる。女の叫び声に、すぐジェルマノの声がこだましてくる）

フラテ・ジェルマノ　兄弟たち、ほら、わたしは帰ってきたぞ。

（森はすぐに活きかえる。声が起こり、炎もちらつきはじめる。その反射をうけて、人々の顔は炎のかたまりのよう）

声　女だ！　もっと右へ……

ちがう、左へ……

小屋のところだ……

女をつかまえろ。

修道院長のところへつれて行け！

静かに、修道院長は関係ない。かれの罪なのだ。

（女はじっとしたまま。フラテ・ジェルマノは大またに丘の頂上の十字架のほうにもどる）

フラテ・ジェルマノ　兄弟たち、ほら、わたしはここにいる、さあ、もどって！

夕の祈りの鐘がなる。はるか下のほうで、鐘のひびきは弱々しく、むなしく聞こえる。いま、少しばかりの修道士たちが天幕から出てきて、ぐずぐず教会のほうにむかって行く。上のほうからは声がみだれ、消えそうになりながら降りてくる。炎ははっきり見える。山の上の場面が見られると、修道院も一瞬は動きをやめ、黙る。音が絶えると同時に、教会の屋根から梟が一羽低くとびたつ。しじまをその単調な声で満たして。

一番古参の一人　狂っている、みな狂っている、夕の祈りに行こう。

他の一人　きのどくなわれらの修道院長！

副院長　分離した兄弟たちと、このひどい打撃にもはや堪えられぬ修道院長のために、祈りに行こう。そのすぐあと、参事員らはすぐにおめにかかれる用意をしておくよう。一人としておなぐさめ申しに行くのをおこたらぬよう。

（そのうち、フラテ・ジェルマノをさがしに出かけた修道士の一群は、かたまりあう。まとまりはないが、雰囲気のある一団。さまざまに異なる顔々。みな、女のいることにびっくりしている。フラテ・ジェルマノは、女とかれらとのあいだに塀のように離れて立っている）

フラテ・ジェルマノ　行かせてやりなさい。この人に罪はない！

女　この人が悪いのです！

フラテ・ジェルマノ　話しているのは悲しみなのです。だれが悪いのでもない。

一人　フラテ・ジェルマノ、この松明が消えたら、あたりはまっくらになってしまうのです。

フラテ・ジェルマノ　信仰薄い人々よ。どうして疑うのですか。みな源（もと）に帰りましょう。そしてこの人は――行かせておやりなさい。わたしたちは兄弟のようにお互いに信じあおう。女の人をも信じなさい。

女 わたしをここの上に引きよせたのはこの人です。

フラテ・ジェルマノ わたしではない、この人の愛だ。

女 この人がわたしを誘ったのです。

フラテ・ジェルマノ わたしではない。兄弟たち、帰りましょう。もう時をむだにするのはやめましょう。そして女よ、おまえはもっと高く、十字架のもとまでのぼるように。行こう。

女 でも神はあなたに平和をくださらないでしょう。

フラテ・ジェルマノ われわれは平和でなく、たたかいをもたらすために来たのだ！ それがこのたたかいだ。さあ行こう。

玄関番の修道士（若いほう） そうだ、この女の人がここにいるのはわたしのあやまちなのだ。わたしが道を教えたのだ。みんな帰ろう。そして平和を失うのはよそう。さあ行こう。

フラテ・ジェルマノ ありがとう。フラテ・マリアノ、おまえはだれよりも潔白だ。

（みんな少し表情を明るくし、黙って動きだす。いまは疲れを少しも感じぬフラテ・ジェルマノが、一群をひきいる。その歩調はいきいきとしていて軽い。前よりも長く、しつこく、悲しげに、夕の祈りの鐘がまたなる。教会は半分以上空、さむざむとして悲しげ。年老いた、やつれた、祈りをはじめる勇気もない修道士たちしかいないことによって、ますます寂寥の感じ。ある者はひざまずき、ある者はかがんだまま、またある者はすわって、粗末な座席の中でぼんやりとして待っている。一人は、すぐとなりの人に低

い声で）

一人　聖金曜日の夕方のようだ。

他の一人　修道院長が心配だ。副院長によると危険な容態だということだ。

一人　しかし少しよくなられた、ただ精神力でということなのだが。

（一人の修道士、週番僧は、修道院長の洞の扉の上で。そこからは、藁の袋の上に少し横になっている老修道院長が見える。副院長は黙って横にいる）

副院長　様子はどうかね。

修道士　（少しぼんやりして）遁げたようでございます。興奮した足つきで遁げだしました。かれが山の上で泣くのがきこえました。裏切ったのではない、愛にそむいたのではないと、どなっておりました。はじめ他の修道士らは、いろいろな説にわかれ、さわいでおりました。それから意見が一致して、大部分は松明を灯して山の上にさがしにゆきました。どうやら女が一人いるようでございます。いま、二度めの夕の祈りの鐘をならさねばなりませんでした。だれも、待っている老人方のほかは、だれも教会におりませんからです。

修道院長　三度めをならさせなさい。しかし……弔いの鐘を。藁ぶとんもとってくれ。わたしをうんでくれた岩の上で終えるよう。

副院長　いいえ、失礼ながら、御命令には従えません。

修道院長　祈りも壊れてしまった。修道院が侵略されてこのかた、一日が夕の祈りの歌なしに閉じられるのはこれがはじめてだ。わたしは年をとりすぎたのかもしれぬ。

副院長　そうではありません、あなたはいまでも修道院全体をお救いになれます。堕落の子のみが失われるのです。

修道院長　そして堕落の子とはだれなのだ。

副院長　フラテ……ジェルマノ……かもしれません。

修道院長　かもしれぬ！……神よ、どうして口をきいてくださらぬのですか。しるしをいただきたいのです……死を。世界が破壊される前には、法の一かけらもこぼたれてはならぬからです。

（副院長は、かれを十字架の前の石の枕の上に横たわらせる）

副院長　のちほど、またおめにかかりましょう。これから、みなが祈りにもどるよう行って見て参ります。

修道院長　今夜会おう……行ってください。わたしは大丈夫だ。

（一群はもうほとんど丘から降りてきている。みなけっこう明るい面持ちで、静かに話している）

フラテ・ジェルマノ　反抗してはいけない。わたしはそれは望まない。わたしのは反逆なのではない。まちがえないでください。

一人　それでは修道院長は？

フラテ・ジェルマノ　修道院長はそれなりにかれのつとめをもっておられる。わたしたちは一人ひとり、みな、自分のつとめをもっているのだ。

一人　ほかの人々は？　わたしたちは気が狂っているのだといっているのですよ。

フラテ・ジェルマノ　それは気が狂ったのとはちがう。われわれのは苦しみなのだ。

一人　まだ、がまんしましょう。

（いま鐘は、三度めに、大事の起こったときのように、危険の迫ったときのように、なりはじめる。ある声、週番僧のそれが、教会の近くの小高くなったところから叫ぶ）

週番僧　修道士さんたち、祈りにおいでください！　神と修道院長の思し召しです。

群の中からの声　いま行くぞ！　いま行くぞ！

一人　もうあまりもたぬだろう。死も近いにちがいない。

他　われわれはみな、まもなく死ぬのだ。破壊が近づいたのなら時を失ってはならぬ。

フラテ・ジェルマノ　破壊は近くはない。変化が近づいたのだ。われわれはみなおちついている。愛をつくりなおそう。

（いま、一群は教会についた。もう入ろうとしている。奇蹟のように、超人的な努力をして僧房から教会へ、はうようにしてやってきた修道院長の姿が見える。立っていて、蒼白、扉の柱にもたれて、すべての修道士らが黙って入ってくるのを見ている。その前を通るとき、みな深くおじぎする。ジェルマノの近くにいる一人の修道士は、修道院長を見ると、かれにしかきこえぬ声でささやく）

一人　激しい苦行にむくろと化している！　死ぬだろうか。

フラテ・ジェルマノ　（とびあがって）しっ。この方は兄弟らの一番上の人なのだから死んではならぬのだ。

（フラテ・ジェルマノは修道院長の前につくと、愛情と純真さにあふれて、頭をかがめるばかりか二つ折れになって、かれのやせた手をとり、それを愛撫し、それに接吻する。それから、二人の修道士のあいだのかれの席につく。修道院長はそれから、みなを祝福し、二人の修道士に支えられて僧房にもどる。いま、教会の灯された明りのかげのちらつくなかで、フラテ・ジェルマノの顔は、ほとんど超人的に、光り輝いて見える。松明が消され、ろうの強い匂いが消えると、かれの僧衣から髪から、甘い香水の香りがただよいはじめる。みなが席につき、とうとう夕の祈りがはじまらんとしているとき、ジェルマノの左にいた老いた修道士は、犬のようにくんくん嗅いだあげく、ひどく驚いた顔つきで立ちあがり、大声で叫ぶ）

老人　ちょっとお待ちください。この中にひどいにおいのする修道士がいます。

フラテ・ジェルマノ　わたくしです。香水なのです。

老人　（もっと大声で）淫乱じゃ。ここではわたしは祈れない。こんなひどい冒瀆はかつて見たことがない。

フラテ・ジェルマノ　（先まわりをして）すみません。わたしがむこうへ参ります。

（そして決然として教会の一番奥のほうに行く。そのとき副院長は祭壇のほうにかけよる）

副院長　わたしの役目の権威によっていう、いさかいはやめていただきたい。これらはみな参事会で討議されるだろう。しかも、もう晩（おそ）くなったから参事員らは歌隊のつとめをとかれ、すぐ一人ひとり順番に修道院長のところに行っていただきたい。他の人々は、今度こそ祈りをはじめるように。週番僧からお願いします。*Deus in adiutorium meum intende...*

（一同、立ちあがる。週番僧が一人でうたいながら）

週番僧　*Deus in adiutorium meum intende.*

歌隊　*Domine ad adiuvandum me festina.*
（しかしフラテ・ジェルマノは手で顔をかくしてひざまずいたまま。しかしこのためにだれ一人、かれにあえて口をきこうとする者はない）

会議

いま、聖務日禱の順に従って四人の参事員たちは(副院長をもふくむ)、会議室の僧房にむかう。修道院長は一人、岩に彫られた長老の席にすわっている。

修道院長 お入り！

(一人の老いた参事員が入ってくる)

わたしの五体がまだばらばらにならずにいるのは、わたしが、つとめを終えるまでそのようであるよう望んでいるからだ。じっさい、もしわたしが気をぬけば、たやすくわたしは一かたまりのくずれた壁のようになってしまうだろう。

老いた参事員 副院長さまから御知らせをいただき、ついに御勇気に拍手をおくります。わたくし、もはやフラテ・ジェルマノについて時をいたずらにすごす時ではないと考え、わたくしにとりまして、この会議の招集自体、意味なきように思えます。院長さまは、行動なさいますすべての権限をおもちでいらっしゃいます。あれは偶像崇拝者でございます。

(他の二人の参事員が入ってくる)

かれらのうちの一人 院長さま、規律に忠実なすべての修道士の名において、フラテ・ジェルマノが一刻もはやく放逐されまするようお願い申しあげます。あれは修道院全体を惑わす、偽の予言者でございます。ここにいたりましては、神の葡萄畑のすべての意味のない枝は、伐られねばなりません。あの者は、われわれの神への想いの静けさを乱します。もう一度かまに火を入れるよう、もっと煉瓦を焼くよう、望んでおります——もう世の破壊される時が近づいておりますという時に。かれは、巡礼者のための家とか、美術や工芸の学校をつくりたいなどと申しております。慣れぬ者、虚栄心の強き者の頭をほてらしてしまう、思想や企画をもっております。修道院のよき部分の名におきまして、聖域に侵入いたしましたこの災いがすぐにもつぐなわれ、必要なれば、かれに従います者を力によってでも鎮圧されますよう、お願い申す次第です。

(もう一人の参事員が入る)

参事員　院長さま、われらの聖なる会則によってわれらに与えられました権威により、あなたさまがなされようとされておりますことは、御賢明なる御統治にとりましては大きなあやまちと存じます。フラテ・ジェルマノは真の修道士でございます。フラテ・ジェルマノは、自分自身よりも大きいたたかいをやむなくされておるのでございます。院長さま、このたましいを失うことによって、ご自分にしみをつけられますな。神の家には、多くの責務があるのではございますまいか。

修道院長　それでは、どうしてフラテ・ジェルマノは、他のすべての者にくらべ規律を守らぬのじゃ。かれは祈りと観想の精神をもっておらぬ。あの男は、われらのキリストは自己否定の神だということがわかっておらぬのではないだろうか。

参事員　院長さま、この修道院の参事たる資格をもちまして、聖書にはあらゆる神の賜の分配が聖なる分配として描かれておりますことを御忠告いたします。《ある者には諸々の国語の賜が、ある者には予言の賜が、ある者には自然の法則の知識が》これでは、文字を忠実に守らんとするため精神を殺すことになるのではございませぬか。

修道院長　いま、年とっているわたしの仕事は全部意味のなかったことを知らされる。

参事員　これは、わたくしの信じて疑わぬ点でございます。われわれが精神にそむいてあやまちを犯しておりますことが。精神は法のうちに汲み尽くされるとわたくしどもは考えます。しかしそれは、どこからともなく来たり、どこへ行きますとも知れぬ風のごときものでございます。

修道院長　わたしはすべてのたましいを救いに導いてゆく聖なる命令をうけており、この命にもとることがあるくらいなら死ぬほうを選ぼう。

参事員　わたくしといたしましては、修道院の半数以上はフラテ・ジェルマノの考えに精神的に結ばれていると申しあげましょう。もし正義とともに、あなたさまが自由をおゆるしなさいませぬならば、あなたさまのあやまちにより、多くのたましいが失われますでしょう。

修道院長　修道院の聖域のうちに世俗の真理が侵入したとは。世は絶えてもよい、法さえのこれば。されて、わたしの修道士は夢に迷い、憑かれている。人類は世の最後の破壊の悪夢にうなされ、わたしの修道士は夢に迷い、憑かれている。

参事員　法ゆえに世に罪が入って参りましたのです。そして法の名によりこの破壊はわれらの修道院をほとんど塵にもどし、いま、神は家もおもちになっておられませぬ。

修道院長　それでは……わたしも絶えてしまえ。しかしだれ一人、わたしがわが権威の命ずるところを裏切ったとはいえまいぞ。

参事員　お決めになるのはあなたさまです。これはわたくしの意見にすぎません。こう申しあげたことをおゆるしください。胸のうちにとどめておくことができませんでした。

（副院長が入ってくる）

修道院長　もう終った！……五番めの参事、フラテ・ブルノーネはまだ参らぬのかな。

副院長　おまねきをおことわりしたのです。もっと祈っておりたいといっております。

（そのうちにも副院長は羊皮紙を手に近づいてくる）

もう御署名をいただいて、全修道院に公布するだけでよいのです。

修道院長　なにを？

副院長　放逐の文書でございます。

修道院長　まだ早い。フラテ・ブルノーネをよんでいただきたい。

（修道院長一人のこる）

これはわたしのいのちの夕の祈りだ。日はかたむく。終りは近いにちがいない。力は……力がもう尽きる。

（フラテ・ブルノーネが入ってくる）

フラテ・ブルノーネ　おゆるしください、院長さま、祈りはたましいを鎮めます。あなたさまに御同情申しあげます……そして……ごめんください……フラテ・ジェルマノをも同情するのです。多くの修道士の考えるところによりまして、決定的な会議の行われます前に、せめて最後にもう一度、フラテ・ジェルマノをよんでお糾しくださいますように御忠告申しあげます。多くのたましいに関することでございます。

修道院長　（自分にいうように）わがからだと大地は、もう壊されようとしている。

フラテ・ブルノーネ　かれは、大地は破壊されぬだろうと申しております。いつかは帰っておいでになる御方さまをお待ち申して、いつも生きねばならぬと。そして時の神秘はだれ一人にも明されていぬと。これを知るということは、われわれの思いあがりのせいでございます。

修道院長　石の上に石ものこらぬだろう。

フラテ・ブルノーネ　それは、主の御協力をうけずに自分たちの家をつくる人間共の都市、人のつくった建物のことでございます。

修道院長　キリストは神殿についていわれたのだ。

フラテ・ブルノーネ　というのも神殿がおごりの源となったからでございます。それは神話になってしまい、神を崇める家であることをやめたからです。

修道院長　しかし、それは石をあがめる危険のことだ……

フラテ・ブルノーネ　しかしあの方は、おまえたちが口をきかずば石が口を開くであろうともおっしゃっています。

修道院長　たましいたち、たましいたち。

フラテ・ブルノーネ　だからフラテ・ジェルマノが申すのです。神のつくられたものを、からだごとみな救おうではありませんか。

修道院長　が、その方法は？

フラテ・ブルノーネ　はい、それについてかれはこう申しております。創(つく)りつつ、神秘をあきらかにしつつ、宇宙全体に、みことばを肉にしつつと。これはかれのいったことばでございます。かれも、使徒パウロのように、すべての自然を死の傲りからときはなたねばならぬといっております。それがフラテ・ジェルマノの考えなのです。

修道院長　（ずっとおちつき、力が抜けたようすで）しかし神は、正しい神はこのようなあわれなものをなんとお考えになるだろうか。

フラテ・ブルノーネ　あわれではございませぬ。人間らしいのです。正義を満たすのは愛であって、正義が愛を、ではございません。

修道院長　これは叡智（えいち）だ。（長く考えにふけってから）試してみるがよい。わたしは、わたしは去ればよいのだ。副院長と参事らをよんでください。

（みな入ってくる）

終課に

修道院長　もういうことはない。もう声さえも尽き果てたようだ。時はすぎさった。終課の終りだ、わたしの終課の。わたしが神の教会にたどりつくのをみなさんに手伝っていただきたい。いまわたしがいうことはもう決定的なのだ……（やっと立ちあがるがまたすぐに倒れる）フラテ・ブルノーネが……たぶん……わたしのかわりをしてくれるだろう。さらに先に進んでくれるだろう。信頼しなさい。いま、わたしのうちには大きな光が輝いた。神は来ておられる……大いそぎで。さあ行こう。

（みな黙っている。フラテ・ブルノーネはとまどって身をちぢこまらせ、じっとしているが突然）

フラテ・ブルノーネ　院長さま、あなたさまが御命令になるのでしたら、あとをお継ぎいたします。

修道院長　（絶えそうな声で）かれ、かれのみ名において、かれの御ために、かれとともに（十字架をきって）。あの方はいつも、強きをとまどわすために、弱きをお選びなさる。さあ行こう、もう最後の詩篇がきこえる。

（みなはかれを教会のほうにつれて行く。そのとき終課の歌がきこえてくる）

第一合唱　主よ、平安を与え給え、

第二合唱　汝の律法を愛するものに。
（教会は開いている。蒼白な修道院長がみなにつれられてくるのを見て、みな、黙ってしまう）

修道院長　（最後の声をはりあげて）かれらのために、つまずきは存在しない！
（みな、少し震える。修道院長は力尽きて、フラテ・ブルノーネの腕に倒れかかる。みな、まわりにかけよる）

みなの声　院長さま、院長さま。
おゆるしを、おゆるしを。
こしかけを、こしかけを……
（沈黙。修道院長はひどく弱々しく）

修道院長　いや、祈禱台を……（まだ細い声で）みなさん、わたしをゆるしてください……
（フラテ・ジェルマノはみなをかき分けてきて、ひざまずき、かれをだきしめて）

フラテ・ジェルマノ　院長さま、わたしのために死んでくださるのですか⁉　おゆるしください、わたしはいつもあなたを愛しつづけて参りました！

修道院長　わたしもおまえを……

フラテ・ジェルマノ　院長さま、わたしのために生きてください！

修道院長　他の人の番だ。……おまえには願いがある……律法と……愛を……
（ブルノーネの胸に頭をたれ、高い叫び声をたてる）

フラテ・ブルノーネ　（しばらくしてから）御父のもとにのぼられた。

（すべての修道士は、静かに、蒼ざめ、ある者は互いにだきあって）

一同　アーメン。

第二幕

祝福された土

もう陽は高い。森全体も霜にしっとりとぬれ、冬の厳しさにつつまれているとはいえ、生まれ出るもののしるしがもうふくらみきっているのが見られる。低いところでは、そこここにちらばった茨のしげみに、もやがかたまっている。ずっと上のほうは、鈴懸、とち、その他の木の、眼を見張るように美しい建築・骨組みが、くっきりと見えている。丘の斜面には、光線の調和のとれた反射の中に、裸岩の蒼白な色を背にして、葉の赤と暗い黄色が全体を占めている。ひどく寒いというのではない。山の頂きには、何人かの羊飼いが羊の群をひきいている。修道院の領域の外では、徒歩の通行人、あるいは馬に乗った旅行者、数人の農夫、女たち。内側では、教会の前方は、重要な時のように修道士らの列で占められている。少し高いところにフラテ・ブルノーネ。中年の男で、澄んだ顔のやさしい声の人。役目につき、修道院の新しい役順を発表する。

フラテ・ブルノーネ　修道院長の死は、われわれの生活の霊的発展になんの割れ目をもたらすものでもあるべきではない。お墓の上には、もうごらんにはなれないが、その犠牲のより高められた果実となるであろう建物をつくろう。そしてわたしは、この途方もない大仕事のためにわたしを選んでくださったことに対して、主に御礼申しあげる一方、みなさんも、聖霊がこのわれわれのおなじ肉体を、かれの恩寵とかれの愛の聖櫃に変えてくださるよう祈られることをおすすめする。もう分裂も、不和も、悪夢もないよう。故人は、他でもない、試すことを、もっと先に進むことを望まれた。そして、主の御もどりになることの描かれた頁が真理であると同時に、その他の部分には神の人々が、最後の一息まで悪に対してめげることなくたたかわねばならぬとも、また希望についても書かれている。主が来られるよう、もどられるよう。われわれは事実、それを待ちあぐんでいる——しかし、もはや恐怖とともにではない。そして、その来られるのがもう近いとしたら、かれはわたしたちをその場で、働いているまま、足場に乗ったままで、すべての民にふたたびいのちを与えようと、希望の炎のように、平野にちらばったままで迎えられるだろう。みなはこの計画を、へりくだりつつも誇ることと思う——そしてだれよりも、その使命の重みに倒れられた方は……

そしていまわたしは、解散された旧参事会に敬意を表したい——それは、いままでの管轄にとって大切な砦の役目を果たしてきた。そしてだれよりも先に新しい建設のための地ならしをしていただいた副院長に敬意を表そう。この方たちは休息に価するのである。そして、今度選ばれる他の方々も、この方たちの模範に従っておなじ精神をもってつづけられるよう、かくて修道院の生命がとどまることなく、河の波のようによりまして満ちてもどることを望む。朝課にくる途中、朝日を顔にうけてこんなことを考えていた——神が、なんの疲れたしるしも見せずにまた朝を生まれさせられるからには、世における創造の御摂理の業をやめられる御意志はないのにちがいないと。すなわち、これは、かれが人類に倦きておられぬ証拠だと。大地さえも光輝くことに倦んではいない。だから兄弟たちよ、各々がそのつとめを知らんがため、各々がその召命に携わり、各々の使命を選ばんがため、聖霊に祈ってから、フラテ・ジェルマノが修道院全体にむかって、この仕事の説明をしてくれるとよいと思う。わたしはかれをこそ、この仕事においての謙遜にして忠実なる組織者として選ぶのである。フラテ・ジェルマノは、かかるゆえに選ばれたにすぎぬことに思いをいたすこと、そして若者らが、より早く歩み従わんがために、古参の者から忠告と力をもらうよう。わたしには、いまは休息の床に横になられた修道院長に対されたごとくにしていただきたい。わたしは、修道院においては革新と和解こそあれ、いかなる革命も行わるべきでないと信じるからである。ゆえに、神の父と子と聖霊の御名(みな)によりて、そしてすべてが一致して、新しい仕事と新しいいのちをはじめるように。使徒の申されたように、キリスト教徒は日々、世の新しきことにむかって歩むからである。

(大多数の修道士は喜ばしげな顔をする。いままでより広びろとして解放されたといいたいような顔。ただ、いくつかの恨めしそうな顔。そして元副院長フラテ・ドニツィオーネの意味ありげな姿。かれの表面的な服従は、この自分の思いを否定するにあたっての努力とはかりしれぬ苦しみをあらわしていた。新しい修道院長の与える祝福に、みなはひざまずき、十字架のしるしをする。次いで立ちあがって、聖霊に助けを求め、大地に聖水をまいて祝する行列をはじめる)

新しい週番僧　主よ、御身の霊をくだらせ、すべては新しく創(つく)られ、大地のおもては新たにならんことを。

(そのうちに地平線の第一の隅に着いた修道院長は、少し高くなったところから祝福を

与えはじめる。第一の祝福）

修道院長　東に通ずる道は祝されよ、それを通じて、死ぬことなき光、主なるキリストが来り給うたからである。

一同　（ひざまずいて、そしてすぐ立ちあがり）アーメン。

第一合唱　主よ来り給え、
天より御身の光の
糸をくだし給え。

第二合唱　まずしき者らの父よ、来り給え、
いとやさしきなぐさめの主よ、
ああ、たましいのあまき客人よ。

（第二の祝福）

修道院長　神の使者らの、平和の使命をもたらすであろう北の国々は祝されよ。

一同　アーメン。

第一合唱　汝は仕事のうちの憩い
熱をやわらげるもの
なみだのなぐさめ。

第二合唱　けがれあるものを洗い
かわけるものをうるおわせ
きずつけるものをいやせ。

修道院長　（第三の祝福）
太陽の玉座なる西の国々は祝されよ。
一同　アーメン。
第一合唱　かたくななるものを折り
消えしものに火をおこし
迷えるものを支えよ。
第二合唱　価（あたい）に値（ね）を与え
犠牲によき終りを
終りなき喜びを与えよ。
修道院長　（第四の祝福）
夜と死に対する勝利のしるしなる南の国々は祝されよ。あらゆる生き物は、神は、世紀にわたりて祝されよ。
一同　アーメン。アレルヤ。
（行列は修道院の道の真ん中にたてられた十字架のまわりで終る）
修道院長　さあ子らよ、フラテ・ジェルマノのいうことを忍耐をもってよくききなさい。そして各々、任せられた仕事について神に栄光をささげるよう。
元副院長フラテ・ドニツィオーネ　失礼でございますが院長さま、これはわれわれの聖なる会憲ではゆるされぬ革新でございます。修道院長あるいは副院長に名ざされた者以外、修道院全体にむかって公けの演説をする権利をだれももっていないのです。

修道院長　ご意見は、われわれみな傾聴いたそう。会則の価値は世界の重みより大きい。

他の修道士　（元副院長に加勢して）他の人とはちがうというフラテ・ジェルマノとは一体だれだ？

他の一人　だれともちがわぬ。ただあなた方より苦労した人というにすぎぬ。

他の一人　（いいかえして）おお侮ったな、悪口を叩いたな。

（急に、右から左から真ん中から修道士らは動揺しはじめ、入り乱れる声の中をあちこちと動く）

声　この人たちこそ、よくなる望みのない、役たたずの改革者たちだ。

（混乱し、さわぎがはじまる）

修道院長　（大声で）お黙りなさい。神の御名においてみな口をつぐんでいただきたい。大地を滅ぼすものは傲慢だ。フラテ・ドニツィオーネ、一人の兄弟なる修道士の愛徳の賜のどこが異端だというのですか。

フラテ・ドニツィオーネ　おゆるしください。しかしわたくしとても、法に対する愛徳ゆえにのみいっていたのです。われわれの聖なる会憲は、何世紀もの昔から定められた聖性のおきては、自己の野心をもつ修道士などむくろとしか見なさないのです。神と神を代表するものの手にあるむくろです。

もう一人の修道士　*Perinde ac cadaver.*〔むくろ同然に。絶対的服従を意味する〕

修道院長　しかしこれは不規律だ。だがすべてをはっきりさせるため、このことはいっておこう。神に仕えるもののペルソノは一人ひとりみな尊いのだ。たましいは聖にして、取りまちがえようがない。われわれ各々が主を讃える顔も声も、各々ちがうのだ。

他の修道士　それでは会憲は？

修道院長　それでは、われわれみなが守りたいと望んでいるその会憲の権威によってわたしは命令する。みながそれを実行に移しはじめるよう。そして、まずあなた方からはじめていただきたい。逆らうことのできぬ各々の自己を断ち切って。

他の修道士　聖なるみことばだ。しかし経験の浅い、不規律な修道士にどんなよいことができるとおっしゃるのか。

修道院長　あらゆる危険とあらゆる義務の責はわたしにかかっている。それゆえにわたしは、みなを一つの共同事業とお互いの完成のための試練に委ねようというのだ。

他の修道士　これは一致の終りだ。

修道院長　これは一致のはじまりだ。

フラテ・マリアノ　あの人たちを追い出せばよいのです。

他の一人　おまえさん方こそ出て行けばよい。

（混乱はおさまりがつかなくなる）

声　あいつらを叩きのめせ、追っぱらえ。わかれてしまったほうがよい。世の終りだ、終りだ。はじまりだ……

他の声　千年かっきり千年！　うそだ！　千年かっきり千年！

（ぶつかる者、わかれて立つ者。それは動揺の極に達し、ごろつきの群のようになる。一人の若者は一番近くの老人の頬に平手打ちをくわせる）

老人　（大きな叫びをあげて）冒瀆だ！

修道院長　（一時の狼狽ののち）兄弟たち、子供たち、キリストの御苦しみによって！（天にむかい）聖なる父よ！（叫びつつ、そして群衆とはかけ離れた感じで）神よ、この心たちの武装を解きにお出でください。

（笞係の修道士はこれまで修道院長のそばについていたが、この時お互いになぐりあった二人の修道士にたちむかおうとする。ところが修道院長はその手から笞をもぎとり、すばやく厳かな身振りでそれを遠く教会の屋根めがけて投げる。すると奇蹟にでもよるかのごとく、笞の紐が十字架の腕にまきつき、意味ありげにぶらぶらとさがりゆれる）

何人か　（すぐに）見なさい。ごらん、ごらんなさい。

（これを見て修道院長は手で顔を掩って動かなくなる。修道士らの群の上に巨人のように見える。ついにみなもあっと驚き、いうことばを知らない。しばらくたってからフラテ・ドニツィオーネがはじめてこの沈黙を破り、引きつった顔でもう一度笞に打たれた十字架を見あげてから、まだ緊張しているみなのあいだをかき分けて進み出る）

フラテ・ドニツィオーネ　（修道院長の足下に行って）おゆるしください。わたくしがまちがえておりました。すべての兄弟をおゆるしください。

（フラテ・ジェルマノはこの混乱の外にいた。そればかりでなく、自分が中心となっているこの不和が爆発したのを見ると、院長のところにさっと行き、もうなにもせぬよう、自分を追い出すよう、たのもうとする。このようなことをいったのであるが、二、三語しかきこえなかったのだ）

フラテ・ジェルマノ 院長さま、わたくしのことはお忘れください。
修道院長 謙遜を、子よ、謙遜と忍耐を。
フラテ・ジェルマノ わたくしは……つまずきの石です。
修道院長 矛盾のしるしなのだ。
（いまフラテ・ジェルマノは、教会の主祭壇のうしろでかくれて泣いていた。粗い壁にもたれ、子供のように手で石をなでながら。そこへ修道院長に詫びてから元副院長がかけより、ひざまずいて兄弟なる修道士にゆるしを乞う。そこでついに最後の行為が果たされる。すぐにフラテ・ジェルマノは元副院長に身をなげかけ、かれを立ちあがらせ、感激に満ちてきれぎれなことばをのべる）
フラテ・ジェルマノ いけません。あんまりです。あんまりです。わたくしですよ。
元副院長 それでは平和の接吻を。
フラテ・ジェルマノ あなたがわたくしに。あなたがわたくしに。
（それから元副院長はかれをみなの前に導いて行き）
フラテ・ドニツィオーネ ゆるしてください。話してください。いってください。フラテ・ジェルマノ、お話しなさい、それが正しいのです。
修道院長 （顔を現して）いけない。もうだれも話すべきでない。食事のときに話してください。そしてこれがこの修道院における最後の暴力であるよう。笞を投げたのはわたしだ。われわれはまた主の御体を打ってしまった。しかしわたしは力は信じない。愛を信ずるのみだ。
（修道院長はなんの身振りもなく、祈るために教会へと引きとる。他もすぐにこれにならう。他の者はみな、心に悪夢をかかえて重々しく、自らを律する面持ちで、わかれわかれになって、僧房にもどる。三人の修道士が歩きながら）

一人　また苦行だ！

一人　ああ、しかしわれわれはそれに価する。

一人　苦行しなければみな滅びてしまうだろう！

一人　これは苦行ではない、罰だ。

一人　死んだほうがましだ。

一人　生きる価値がないのならね。

一人　むだな日々。

一人　われわれがむだにしてしまったのだ。

政治談義

何人かの修道士は議論をするために天幕の中に入っている。ひげづらと失敗に打ちのめされた顔は、このところの衝突が忘れられず、まだ興奮している。火をおこし、窓も戸も閉めて、みな円をなして、たいていは土の上にすわっている。この議論はずいぶん長くつづいていて、かれらのうちでもいろいろにわかれている。

フラテ・アチド　《わたしは力は信じない。愛を信ずるのみだ》わたしには修道院長まで良識を失っているように思える。

フラテ・ガウニローネ　なんにしても、わたしにはおまえの言い方は修道士のそれとは思えぬ。

フラテ・アチド　わたしのが？　それでは修道院長のは？

フラテ・ガウニローネ　お疑いするだけでも、われわれのくりくり頭の光をくもらせるというものだ。

フラテ・パスクワーレ　しかも神の教会は、力をだって必要とするのだ。教会はおごりたかぶったものらに対してただ一人たっている。これは、傲慢に関わることなのだから。

フラテ・アチド　教会にとって、騒乱を好む人々、改革者は大きな危険だ。そこでは、ことにこのような時代には、単純な人々の信仰を乱さぬことが大切なのだ。世の破壊があるにせよ、ないにせよ、もし教会があるとこういったのなら、だれ一人、そんなことはないという権利はない。教会はすべてのたましいを手のひらににぎっていなければならぬからだ。おい、パスクワーレよ、よく戸を閉めろ、それから窓もだ。

フラテ・パスクワーレ　これらの心配のせいで人々はみな乱（さわ）いでいる。このことは殿の御好意まで傷つけるにちがいない。殿さまはこの町を騒乱者の巣だと思われるだろうからだ。この若者たちが望むなら、この思想でもって、国全体を中央権力からばんと引き離してしまうことだってできるだろうからだ。そしたら、だれがわれわれに食い扶持をくれるというのだ。諸侯の侵入に対して、だれが修道院を守ってくれるというのだ。諸侯は掠奪と命令に、狼の群のように躍起となるに決まっている。

フラテ・アチド　結局、しまいにはわれわれが決めねばならぬだろうさ。アルドゥイーノ・ディヴレアは帝国の権威を覆す運動の頭にたっているらしい［165ページ参照］。司教オベルトはもう、つるぎのきらきらするのと、軍隊の雄叫びをきいているということだ。このことはだれにとっても得になるとはいえまい。

フラテ・ガウニローネ　すまんが、わたしはちょっとばかり反対だね。修道院制度は、民衆運動として下層階級から出たものだ。この制度は土をたがやし、たましいの状態をよりよいものにしたのだ。労働の中心を創立したのだ。もし今になって、労働について民衆が、自分たちだけでやって行けると考えるのなら、それも悪くはない。実際をいって、フラテ・ジェルマノは主キリストさま以外のどんな王侯にも仕えるなといっている。

フラテ・パスクワーレ　なんだと、おまえまでか。ここにまで反逆者を擁護する者がいるのか。あいつは前の修道院長の死に責任があるのだ。あの方はわれわれにとって、律法のもっとも明るい案内者だったのだ。

フラテ・ガウニローネ　しかし法は人間のためにあるのだ。フラテ・ジェルマノは宣教者だ。たしかに経験は浅いかもしれぬ、しかし誠実だ！

フラテ・アチド　それはわたしには賛成できかねる。傲慢と誠実ということは、烏と山鳩のようなものだ。

フラテ・ガウニローネ　しかしわたしも、われわれがいかようであろうとも、変化のもたらされるための時が熟していると思う。

フラテ・パスクワーレ　破壊の時ということだろう。

フラテ・ガウニローネ　それはわからない。もし破壊ならわれわれは矛盾している。一体どうして、世界の運命についてわれわれが心配せねばならないのだ。

フラテ・アチド　ほら、それがまちがっている。世界なんぞはどうにでもなれ。われわれは、この世界にある自分たちを、何世紀にもわたるわれわれの苦労の果実を、救いたいと心配しているのだ。そして最後にはキリストが、選ばれた者のなしとげた仕事をそのままで見られんがためにだ。

フラテ・ガウニローネ　ところが、フラテ・ジェルマノにとっては世界も大切だというのだ。ただ、過去によりかからぬというだけだ。過去はすでにその栄光を得た。かれは未来にむかって進もうとする。

フラテ・アチド　未来だと！　なにが未来だ。われわれを飛びこし、われらの権威をふみにじっておいて。問題は、いまや権威ということはもはや省みられなくなっていることだ。われわれのためというより、修道院全体と教会のたましいの権威に関わることだ。かれが押し進めようとしている新しい秩序の中で、だれがわれわれの立場を擁護してくれるのだ。そして労苦は、危険は、われわれの堪えしのぶあざけりは。すでに全修道院は一にぎりの煽動者の止まることを知らぬ行動に苦しんでいる。それだけではない、町からは――ドニツィオーネ神父を通してきいたのだが――村々から、田舎から、何度となく民衆からの使者がかれらを迎えに来た。そして民衆というものはすぐにのぼせあがる。それが、崇高な死について、神の来られることについて、神の御国(みくに)について考える代わりに行われていることなのだ。

フラテ・ガウニローネ　しかし、そのようにしないと、そのおなじ民衆が、われわれに対して反逆を起こすだろうと思えるのだが、神は……

フラテ・アチド　しかし、殿さまはそうは考えていない。われわれは大公こそ必要だが、民衆の助けは必要とせぬ。

フラテ・ガウニローネ　しかしそれは、なによりもひどい裏切りだ。われわれはたましいを救う者なのだ。

フラテ・アチド　われわれは定められた秩序を保守する者だ。

フラテ・ガウニローネ　しかしこれは秩序ではない。

フラテ・アチド　かれらが悪いからだ。

フラテ・ガウニローネ　われわれが悪いからだ。

フラテ・パスクワーレ　（すっと立ちあがって）もうたくさんだ。

フラテ・ガウニローネ　（落ち着いて）いま何人、修道院長がいるのやら。

フラテ・アチド　わしもそれがききたい。だれが修道院長なのだ。ブルノーネか、ジェルマノなのか。これこそ他でもない有害な思想の産んだところだ。

フラテ・ガウニローネ　そしてわれわれもその責任を遁れ得ない。

フラテ・ドニツィオーネ　（外から）開けなさい、わたしです。ドニツィオーネです。

（元副院長が入る）

よい知らせだ。いままで長いこと修道院長とお話しして来た。ほんとうにひかえめな方だ……神によみせられる御人といえるかもしれぬ……

フラテ・アチド　弱虫だ！

フラテ・ドニツィオーネ　苦しんでおられる。

フラテ・アチド　信仰に誓って！　苦しむ人間はたくさんじゃ。

フラテ・ドニツィオーネ　なんにしろ威信は救われた。伝統も法も救われる。みな、あなた方の出方にかかっているのだ。

フラテ・パスクワーレとフラテ・アチド　（一緒に）われわれの？

フラテ・ドニツィオーネ　そうだ。修道院長はあなた方を参事員に指名しようとしておられる。ここまでに起こったこと、ことに冒瀆的な平手打ちに対してのつぐないのために。

フラテ・パスクワーレ　ありがたい平手打ち！　柱におけるキリストに対する平手打ちのようだ。

（みな笑う）

フラテ・アチド　もしそうなら、平手打ちでもなんでもこいだ。そうならだ。しかし、ほんとうにそうなのか？　ドニツィオーネ、おまえを疑うわけではないが。

フラテ・ドニツィオーネ　そうなったのだ、長い話し合いの結果。われわれのたましいはひどく恐れていたのだ。われわれのためにというわけではないが……

フラテ・アチド　この知らせはわれわれをびっくりさせる。われわれのためにというわけではないが……

フラテ・ドニツィオーネ　これからはそういうことになるのだ。わたしは謙って曲げることのできぬ理由を説明したのだ。

フラテ・アチド　それならそうとして。そして、もしそうでなければ、急ごしらえの参事のもとでどんなにわれわれが苦しんだことか。

フラテ・パスクワーレ　せめておまえがもう一方の頬をさし出していたならな（笑う）。おまえは修道院長になっていたかもしれぬ（また笑う）。

フラテ・ドニツィオーネ　そんなところだ。あなた方二人と……フラテ・ジェルマノとフラテ・ガウニローネだ。

（みな顔を見あわせる）。

フラテ・ガウニローネ　わたしにはすぎた役目だ。

フラテ・アチド　それでは……一緒にたたかうか、ガウニローネ。

フラテ・ドニツィオーネ　協力しよう。

フラテ・パスクワーレ　というと、あなたもか。

フラテ・ドニツィオーネ　そうだ、わたしにふたたび副院長の席をくださった。

フラテ・パスクワーレ　これはなんということだ。新しい修道院長はどちらかというと、なかなか先見の明があるぞ。

フラテ・アチド　神のもどられるのを愛をもって待つ者には、すべてが都合よく運ぶという使徒のことばを忘れていたぞ。しかし、ここに他のことがある。フラテ・ジェルマノの事業だが、帝国の中央政権からは、上長からはなんと見られるだろう。というのは、結局われわれは二本の鉄棒にはさまれることになるだろう。

フラテ・ドニツィオーネ　これも解決がついた。皇帝はもはや、かれの夢を脅すこととなったこの民の精神をなぐさめたいのだ。われわれの地方は火山地帯だ。しかし、山のむこうの国々は氷につつまれている。われわれの国を治めるのは火以外にあり得ない。そしてフラテ・ジェルマノこそは、新しい建設のための石灰を煮る定めをになった、活ける炎だ。むこうの国々については、よく計算し、規律を守れば大丈夫だろう。

フラテ・アチド　そしてローマは？　オベルト司教は？

フラテ・ドニツィオーネ　ローマはとり入れるだろう。もし事が悪く行けば弁明することも容易にできる。もし運がよければすべてを満喫し、大いなる母がわれわれの死をかざってくれるだろう。フラテ・ジェルマノはこういっている。その元来の性質からいって、尽きることなく、なぐさめとは程遠いいみことばをわれわれの行為によって損うことは、ゆるしがたい傲慢だろうと。第一、とまってしまって試みようとしないのは、イスカリオテのユダよりもひどい裏切りだ。司教オベルトに関しては、もうたいした時間はない。アルドゥイーノ・ディヴレアがかれにむかってたたかいを挑もうとしているのだ。

フラテ・アチド　われわれの時間は。われわれにももう時間はないのではないのか。

フラテ・ドニツィオーネ　そう、われわれのもおなじだ。しかしわれわれのは、生命の書に刻まれているのだ。死の書ではない。ジェルマノは、われわれは世俗的な取引にかかずらわるべきでないといっている。われわれのは永遠の使命なのだと。各々の民が大地のあらゆる生き物のように、それぞれの意識をもたねばならぬと。そして、多数の人々とは一致した人々の総体に他ならないのだと。これは時が経っても、代がいくつかわってもおなじことだ。みなそれぞれの声とそれぞれの目的をもつのだ、と。

フラテ・アチド　しかし精神だけでたくさんだろうか。人間にはからだもあるのだから。教会は目に見えるし空間を占めている。教会もまた守るべき威厳、尊厳、そして、占めるべき位置がある。客間からまもなくほうり出されるべき人間の手足をだれがしばるというのか。

フラテ・パスクワーレ　そればかりか、わたしは、地を征服せよという第二のアダムの命令は地を満たせという第一のそれと変わらぬと思っている。《往け、ふえよ、地を満たし征服せよ。すべての民のところに行って教えよ》もしわれわれが大地に君臨せねば、サタンに治められるのだ。

フラテ・ガウニローネ　大地は人間のものだ。神が人間に与えられたのだ。われわれに任されたことは、恩寵か力かを選ぶこと、力強いキリスト教を選ぶか、勝利のキリスト教を選ぶかだ。しかしキリストは、十字架から降りよとさそわれたとき、その上にとどまられたことによって世に打ちかたれた。《ピエトロ、そのつるぎを収めよ》それは聖性を選ぶか、帝国を選ぶかということだ。聖人は他人の召使ではあるが、自己からは自由で、自分の君主であるというだけなのだ。一方、帝王は他を支配するが、自己と自己の情慾に対しては二重の鎖につながれた犬なのだ。

フラテ・アチド　そんなのはただのことばだ。

フラテ・ガウニローネ　キリストのことばだ。
フラテ・パスクワーレ　しかしかれは神だった。われわれは神ではない。
フラテ・ガウニローネ　神の子、神の使者だ。
フラテ・アチド　冒険者。
フラテ・ガウニローネ　証人だ。

（鐘がなる。すべての修道士は長く響く大きな鐘の音に、各々の僧房から出てくる。週番僧は大きな声で修道院の各所に集会を告げて歩く）

週番僧　みなさん、聖歌 *Creator Alme Siderum* で、山の上にお集まりください。

（すべての修道士は集まる。みな落ち着いていて明るく、お互いにていねいにあいさつする者が多い。小声でしゃべる）

一人　いつか、われわれ自身のことを笑う日がくるかもしれぬ。
一人　わたしもそんな気がする。だれが、この人は真理をもっていて、この人はあやまっているなどといえよう。
一人　キリストにはそれがおっしゃれる。が、われわれはだめだ。
一人　たしかに、修道院長は疲れを知らぬ人だ。類まれな院長になるだろう。
一人　そしてわれわれはというと！　教会の人間は強情っ張りだ。
一人　それは、徳でもあれば欠点でもあり得る。聖人だって強情っ張りだ。
一人　しかしそれは愛徳においてということだ。そうなるとそれは強情とはいわん、愛だ。
一人　お互いにわかりあうといいが。

一人　それはみなの祈っているところだ。

一人　参事会は？

一人　もうできた。集会は、命令の伝達と新しい役付の発表ではじまるだろう。もう何日も前から、名はみなの口にのぼっている。ドニツィオーネが副院長、アチド、パスクワーレ……

一人　それにジェルマノとガウニローネが参事員だ。

一人　せめてこれで協力が保証されるだろう。

山の話

もうみな広場に集まっている。選ばれた参事員も、すっかりそろった修道士らのあいだにぽつぽつと見られる。フラテ・ジェルマノは一人、蒼白な、しかし落ち着いた顔で教会から出てくる。顔には長い祈りのあとが見られる。最後に修道院長とドニツィオーネ神父がしゃべりながら出てくる。

週番僧　以下の順で。第一歌隊、第二歌隊。一日の断食のあとは光の讃歌。

第一合唱　美しき星のつくり主(ぬし)よ、
信ずるものの永久(とわ)の光よ。

第二合唱　イエズス、すべてのあがない主(ぬし)よ、
われらの祈りをききいれよ。

第一合唱　悪のわなより、この世が
疾くはなたれんため。

第二合唱　愛の感激のうちに
なやみ多き大地より

からだをとりしものよ。

一同　アーメン。

（夕暮は、自然を超えたものと思われるほど透きとおっている。やさしい甘さと、ビロードのようなやわらかさ。土は露わだが、無残さはない。木々ははだかだが、痛々しくはない。色はあたたかいが、官能的というのではない。厳しい気候に打ちかった、なにかふしぎな力が、冬を、もうやがてくる春の約束に変えてしまったよう。合唱は次々とつづき、高く低く、と同時に行列も進み、登り、まるで天使の行列のように一つになる。顔はみな平和のうちに憩っている。そのしわは畑の畝のよう、芽を出したばかりの麦の畝のよう。行列の最後に、フラテ・ジェルマノと修道院長）

フラテ・ジェルマノ　おききなさい。《かれは、ためいきをつく大地の大切な糧だ》と。

修道院長　そうだ。雲は散った。もう霜もたましいにふれない。

フラテ・ジェルマノ　大地は、ばらの園になるでしょう。

修道院長　ジェルマノ、やさしくお話し。わが子よ。

（もう山の上についた修道士たちは、全景を見わたすことのできる頂上に席を占める。山々には色がはしゃいでいる。そして光が、厳かにあたりをつつんでいる。夕暮の頃だが、あたり全体に、闇にむかってはなたれた約束のしるしがただよい、太陽が世界の上にとどまってしまったかのよう。ここまでに時がついやされたとはいえ、最後の妥結、死に対する勝利のようである。修道士らは石の上に腰をおろす。ある者は小さな広場のようなところに、ある者は斜面に。四人の参事員は修道院長の横にすわり、院長のすぐ

横には副院長がすわっている）

修道院長　各々はそれぞれのはっきりしたつとめを、その人にしかできぬ義務を与えられている。長い試練によって経験をつまれた副院長は、このような難儀な役目に準備のできていないわたしを補ってくれるだろう。それから参事員らの助けとみなの協和の力を得て、王国の実現のために、われわれの先を歩んで行った巨大な人々ののこした空白をうめることができるだろう。摂理によっておくられたふしぎな出来ごとが、戸口にはひしめいている。毎日が、世界の歴史にそれぞれの新しいものをもたらす。毎日、太陽のごとく生まれ変わり、海のように新しくならぬ修道士は、災いなるかな。時にくみし、生活に引きずられてしまう修道士は、災いなるかな。世は新しくもなければ古くもない。世界は、われわれがかくあれかしと望むものに他ならぬ。永遠の犠牲を習慣でもあるかのようにささげ、その日のいい知れぬ、忘れがたい驚きのごとくに日々ささげぬ修道士は、災いなるかな。われらは時のうちにありつつも、われわれの手のうちには、時をもたぬ永遠をにぎっているからだ。《わが後にはわれより先に存りしものの来るべし。われはそのものの靴の紐をとくにも価せず。かれはすべてのもののはじめより在ればなり。われは、汝らをヨルダンの水のごとき、われらの国の川のごとき流れる水にて洗礼をさずけ得。しかしかれは汝らを聖霊と火で洗うべし》このような世界の期待は、われわれの待ちあぐむところでもあるわれわれの切なる思いである。しかしそれは、新しくなることへの、より深いより広い肉体化（インカルナツィオーネ）に対する思いに他ならない。それは、一になることへの全世界の期待に他ならないのだ。人間は星のようで、自分たちの不動性を裏づけしようと、たえず動いている。われわれのたましいは合成を、平和を求めてやまぬ石に似ている。そして、昼から夜にいたる、木から人にいたる、一人の人間からすべての他の人間にいたる、すべての被造物が心をあわせるとき、はじめてキリストはもはや生まれ、死ぬのをやめられ、新たなる天と新たなる地が生まれよう。これからフラテ・ジェルマノが、すぐにはじまる新しい仕事の輪郭を説明すると思う。かれはだれよりも弱い者として、われわれの信頼と全修道院の尊敬を得て、この仕事に選ばれた。神と、その愛される花嫁なる教会の名において。

全修道士　アーメン。

（この説教のあいだに、あたりはだんだん明るくなる。みなの顔はもっとやすらかになり、ほほえみをうかべる。他の人よりも感激したある人は、そっと袖口で涙をふく。ある人は土を愛撫し、人に対するかのように小さな木をなでる。ジェルマノが立ちあがって話しはじめると、太陽の光がかれの顔を照らし出すかのよう）

フラテ・ジェルマノ　兄弟たち、大地はキリストの肉体となられた故郷（ふるさと）であり、かれが好んで選ばれた棲家だということを忘れぬよう。かれの約束はいつまでも変わらない。《われは世紀の終りまで汝らとともに在らん》かれのこのうえない楽しみは、人の子らとともに在られることなのです。修道士たち、人は霊の神殿であるということを、かれの家の活ける石であるということを、忘れぬよう。われわれはかれの家なのです。その永遠の種まきの畝、喜びのうちにたがやされる畑なのです。人は考える大地（つち）、愛し、祈る大地（つち）です。あらゆる霊と、あらゆる被造物と、肉体と、物質と、仲なおりなさい。これこそかれ（ヽ）の光を映すものに他ならぬからです。不死のいのちへの入口であり、神とわれわれ自身とのより深い、より決定的な和解である死と、仲なおりしましょう。かれの愛の消えることのないきずなのうちで。終りなど存在しないのに、兄弟たち、どうしてそのように死を恐れるのですか。時は、変わることないはじめへの巡礼の旅にすぎぬというのに。われわれをわかれわかれにしていたこのおなじ考えが、終にはわれわれを一つにしてくれるでしょう。真理はいのちであり、死でもなく破壊でもないからです。

二、三人の修道士

もうわれわれは一致している。修道院は一つの心だ。ジェルマノ、なにをすればいいのか。

フラテ・ジェルマノ　それでは、ものに対しても一つの心であるように。神のつくられたものを愛しましょう。かれの御手のわざを、純粋さと愛のうちにつづけましょう。たましいをたてると同時に、教会をたてましょう。最後の侵略以来閉ざされている工事場を、もう一度開きましょう。消えてもう長い炉に火を入れましょう。一番美しいアーチのため、広びろとした血のように赤い正面(ファサード)のための煉瓦を焼きましょう。山からは神の祭壇のために大理石を掘り出しましょう。森からは歌隊席のための材木を、われらの黙想の沈黙のうちに、樹々がわれわれとともにすすり泣かんため、われらの歌のさざめきのうちに、われわれとともに手を打ちならすよう、絶えることない根までアレルヤを伝えるよう。畑の修道士らは鋤をふたたびとってください。工作係の修道士らは、全人類の歴史である聖書の物語を語るために、のみをとりあげるよう。宣教師の方々、よき知らせを告げる人々は、都に、町に、村々にむかって発たれるよう。あらゆる時代のための知らせを。キリストはきのうの人であり、今日の人であり、あらゆる世紀の人だからです。そして一人として悪のつまずきにまどわされたり、かれのこられぬのに絶望したりせぬよう。かれはおくれずにこられるでしょう。われわれ一人ひとりのためにこられるでしょう。みなのためにこられるでしょう。しかしそれも、われわれの恐れていたような風にではなく。かれは近くにおられ、また遠くにおられるのです。かれは戸口に、山の上に、たましいのうちに、すべての天の上におられるのです。かれを望まぬもののところには盗人のようにこられ、愛のうちにかれを求め、かれを待つもののところには、花婿のごとくこられます。

一人として兄弟を非難せぬよう、かれが深淵に沈んだとしてもです。すべての人にとって、もう一度立ちあがる可能性があるからです。神の神殿はわれわれの悲惨の上にたてられるからです。巨大な石を土台としてかれの家を築きましょう。われわれの抑えられた欲情のしるし、かれの恩寵によってやさしくされた大地の威力の象徴として。

その人の犯す罪のために、だれ一人傷つけぬようにしましょう。神は、われわれのあやまちをこえてこの世を歩んでおられるからです。自分が正しいと思うもののみが拒まれるでしょう。われわれの教会は四つ辻にたてられ、扉は東に西に北方に南方にむかって開かれるでしょう。みながそのきたほうから入れるよう。そしてその横にはやさしい夫のように、われわれの修道院をよりそってたてましょう。そして永遠の婚礼の宝石にかざられたゆびわのような廻廊を。そして廻廊にそってはお客のための、旅人のための広い家を。そしてずっとむこう、希望の象徴のように、すべての建物の上に鐘つき堂のついた塔を。バベルの塔のような傲りの塔ではなく、つねに天にかかげられた、ねむることないわれわれの祈りのしるしとして。われわれの声の塔。遠くにある修道士たちによびかける霊のように、垂直にたつ石の群。

（だれかふいに自分をいけにえにささげでもするかのように）

一人　ジェルマノ、塔の建立はわたしにやらせてください。

一人　わたしには客を迎える館（やかた）を！

一人　わたしには歌隊席を！

一人　わたしたちには廻廊を！

他　われらには柱をみがかせてください。たっとい処女の手のようになめらかにしてみせます。

一人の老人　わたしは職人の手押し車をつくろう。

一人　わたしは神の母の像を。

他　わたしたちは煉瓦を焼こう。

（とうとう停滞は破れた。各々はことばのうしろにひしめく幻にうっとりとしている。そしてこの恍惚の状態はその前のうっとりとした喜びよりもよい）

フラテ・ジェルマノ　一人ひとりが自分の鋤を、自分の槌を、自分のこてをとるように。われわれはいのちの神に永遠の教会をたててさしあげたいからです。人の信仰よりも長く生きることのできる石の家を、そして、もし信仰が足りなくなるような時がくるとすれば、そして心がはなればなれになることがあるとすれば、そのときこそ、石はより頑丈に、一つにあわさって、それらの心の灰の上に生きつづけるでしょう。苦しい夢、光に逆らって空間をよじのぼる夢の中の活きた姿のように、アーチの上の姿は影を落とすでしょう。神に到達せんとして天にのぼり、神のたえうる空間に閉じこめようとしているもののごとくなるでしょう。そのとき人々は、アーチの行き来を、そしてアーチに高くとりつけられた聖人たちの群を見て、かれらの血の中に、天の望みが、鷹のようにはばたくのを感じるでしょう。石は霊のあきらかなしるしです。それはなによりも長くたえる証言、より高い、ものいわぬ望みとなるでしょう。それは世紀にわたる沈黙に養われ、世代ごとに生まれ変わり、石の姿をとった、ものいわぬ神のみことばのごとく永遠になるでしょう。柱頭は秋がきても散らぬ、ばらと木々の葉の帯になるでしょう。壁には、時のうちに長くつづく春のような、いつも花咲いたアーモンドを彫りましょう。浮彫からは、矮人（こびと）たちが笑ってとびだすでしょう。かれらさえも大いなる神の家では、自分の場所を与えられるのです。石棺の上には、他の人々は壊れた砂時計を置くでしょう［砂時計はキリスト教では死のシンボル。従って「壊れた砂時計」は死に打ちかつということ］。こうして虚栄に、死に打ちかつのです。こうして大地を救い、木々に意義を与え、小鳥たちの歌を集めるのです。神につくられたものは、一つとして忘れられぬでしょう。りすから、喉をかわかした鹿にいたるまで。初代キリスト教徒たちの慎ましい魚［信徒たちを象徴］から、大いなる鷲［ローマ帝国を象徴］にいたるまで。辛抱強いかめから、陽をのもうとして扉の上に横たわるとかげまで。乞食から王にいたるまで、罪人から聖人にいたるまで。それは神のつくられたものの代表者たちなのです。自然はすべて神の御子のしめされるのを、すなわち、美が肉となるのを待っていました。自分も救われたと感じることができるよう、すべての被造物が、各々のやり方でする神の崇敬と喜びをもってくるように。キリストは大地全体によって養われなければなりません。かれの肉の、また精神のからだを保って行くために。あるときがくれば、教会は主のからだ全体であらねばならないからです。そして柱も、柱頭も祭壇も、他でもない、活ける被造物となるでしょう。それらは、歌に、音楽に、沈黙になるでしょう。それらは、大地にうっとりとしたたましい、永遠の祈りとなるでしょう。

　フラテ・ジェルマノの話すあいだ、神殿の幻、田舎の生活の場面があらわれる。そして修道士らのたましいのうちに、復活の、静かな明るく透きとおった黙示録のように通りすぎてゆく。家々の角、道と道の交り、背景は和やかな町。いま、大きな扉の前の階段に、一人の乞食が待っている。戸が開いて一人の修道士が、白いパンの入ったかごをもって出てくる。もう一人、ぼろをまとった半裸の乞食は、修道院の廻廊に入るが、すぐに新しい服をきて出てくる。そして牢獄の格子までも。一人の修道士が罪のゆるしを与えると、まもなく牢番はゆっくりと戸を開き、くさりをとく。修道士と罪人はともに広場へ出る。次に、ある城の一間。一人の修道士は大公の手からやさしくつるぎをうばいとり、窓に近づくと、ひざでそれを折り、河にすててしまう。いろいろな場面が重なりあう中で、ゆるやかで厳かな迫持（せりもち）のある司教座聖堂が全体を圧している。沈黙の中で祈る何人かの老婆たち。フラテ・ジェルマノの顔も他の修道士らの顔も、どんどん変わって行く。もうことばはほとんど、別世界のこだまといってよいくらい。

フラテ・ジェルマノ　これが兄弟たちよ、われわれの信仰、光にあふれた、たしかさなのです。あそこの河のむこう岸では、昔、ゼノ司教がまるい石にこしかけて、いつも自分と神の貧しい人たちのために牧杖でもって魚を釣っていた。町の一番よく見える斜面に、われわれは恩寵の穀庫（こくぐら）を、たたかいの城に対する平和の城を築きましょう。そこには集会場のように人があふれるでしょう。そのとき人々は、石が芽を出し、荒野が花に掩われるのを見るでしょう。さあ、これはもはや死ではない。神の前における自己否定は、帝国の餌食よりもよほど豊かなのです。そこで、これらの部屋、これらの僧房には、これらの果樹園には、もう冬はない。お立ちなさい、たましいたちよ、そして、見においでなさい。すべての民は、教会が天にのぼり天から降りてくるのを見るでしょう。首飾りにかざられた花嫁のように踊りながら。これが、小羊〔＝キリスト〕の終ることない復活祭です。木々にまた花が咲き、川がふくれ、人々の希望が芽を出すのが、見えませんか。そら、これはもう春です。千年の春！《雲は消えた。霜ももうたましいを凍らせはしない》そしてたましいたちのように、血のように、もう、太陽は昇ります。もう、新しい樹液が葡萄の木からほとばしりはじめました。巣箱の蜜も純んでいます。桜の木からもたっぷりと脂が出ます。お集めなさい、松から新しい香をお集めなさい。香炉を満たしなさい。これは聖霊の奇蹟です。かれはもう、くだられたのです。すべてのものは新しくつくられ、大地の面は新たにされるでしょう。おお、兄弟たちよ、いつも奇蹟に対して自分を開いておおきなさい。大きく開かれた窓のように、花婿の神秘なる訪問に対して、いつも自分を開いておおきなさい。

一同　アーメン。*Deo gratias, Deo gratias, Deo gratias.*

（ふしぎなことに、ジェルマノが話しているあいだに、すべての山々は花開きはじめる。それは、美しい、軽やかな、香りに満ちた光景である。神秘の場面。それは、ひょっとすると、世の誕生のくりかえしのようでもあった。野一面は産むための呻きと、赤子の泣き声に満たされる。もう谷間には教会の輪郭が見える。最初の設計図と、たてられたばかりの足場）

修道士ら　（一緒に）さあ、仕事だ！　復活の夜明けがきたのだ。

フラテ・ジェルマノ　死は、あの木にいのちなるわれらが主キリストがかけられた日に、死んでしまった。

一同　アーメン。*Deo gratias, Deo gratias.*

復活

いま修道士らは、うたいながら山から降りてくる。透きとおるような暁方を背景にして、式服の院長らが先に立っている。新鮮さと香気がその詠誦に蜜のかぐわいをそえている。副院長は、高いところから畑や道に聖水を撒く。すべての人の歩きぶりは、身振り多く、行列というより踊りのようである。

週番僧　（うたう）復活のいけにえにさかえあれ。

第一合唱　キリスト教徒は犠牲をかさねるよう。

第二合唱　小羊は羊の群をあがない
無垢のキリストは御父と
罪人の仲をなおす。

（歌がつづく一方、修道院長はもう宣教師らのグループに最後の訓えを与えている）

修道院長　もう力が尽きたと思ったら帰っておいでなさい。村から村へと行きなさい。出されたものを食べなさい。財布もマントももって行かぬように。そして、もしあなた方をうけ入れぬ町があったら、へりくだって足のちりをはらい、次の町に行きなさい。そこでも反対をされても、悪口をいわぬよう。それよりも、心のうちで御父に感謝しなさい。かれが、すべての被造物からうけられるはずの尊敬を、あなた方からうけられるよう。すべての人に平和をもたらし、ことに貧しい人々には、天の王国はかれらのものだといいなさい。

一同 （ひざまずいて）アーメン。

（一方、修道士らは山から降りてくる。その調子は征服者のよう）

第一合唱 恐ろしい決闘のうちに
死といのちはぶつかった。

第二合唱 殺されしいのちの統率者は
活きて臨むために帰られた。

（ローマ時代の門。最後の二人の修道士が宣教師として出発してゆく。かれらの歩並は歌の最後の部分と一致する。太陽は河全体の上に広がる。修道士たちは引きつづいてうたう）

第一合唱 われわれはキリストが
死者のうちから蘇ったことを
ほんとうに知っている。

第二合唱 ああ、勝利を得しものよ、
われらを憐れめ。

一同 アーメン。アレルヤ！

新しい秩序

1

とうとう畑の修道士らは、鋤をもってせっせと働きだす。かれらの身振りはほとんど典礼的といってよい。

一人　土はよい。それなのにわれわれはよくない。

一人　われわれは土からつくられた。

一人　それではわれわれも死なぬ。ことにからだは。

一人　花が終ったら。

一人　土は花咲くのをやめない。

一人　なんていう土くれだ。ここには神の樹液がかくされている。

一人　ごらん。

一人　われわれは葦のようなものだ。

一人　水から引きぬかねば、葦は死なぬのだろう。
一人　人は主から引き離された時だけ死ぬ。
一人　人が主から引き離されるなどということがあるのか。
一人　これをごらん。これはひどい虫だ。ポプラ食いだ。甘い植物の芯となればなんにでも食いついてくる。中に入ったが最後、楡まで枯れてしまう。
一人　それでは、その虫は殺すがよい。
一人　花キャベツの青虫みたいだ。
一人　この調子で行けば、夕方までにはここを全部掘りかえして、東の岸までできるだろう。
一人　しかし種をまくのは、待つがよい。月がまだ具合悪い。
一人　今年は全部、かぶですか、長老。
長老　はんぶん、はんぶん。修道士にはかぶを、サンゼニーノの在の貧しい人たちのためにはじゃがいもだ。

（石切り係の修道士。手押し車、負いかご、つるはし、支柱の枠など石切り場の道具。荷車につながれたろば。荷を積む修道士たち。他の人々は動きをとめて、一息ついている）

一人　さあ一服。仕事をやめて。そのほうが後よく働ける。
一人　もう終りはないのだ。
一人　おまえが考えていたような終りはない。一人ひとりに終りがあるからだ。
一人　しかしそれなら、神を信ずる者にとっては、終りとはいえまい。

一人 ごらん。土は何年か前にくらべると、ずっと黒い。若がえったようだ。

一人 よくなった。煉瓦は消えることない赤さにあがるだろう。

一人 この煉瓦をつかったら、教会の正面は血の汗を流したようになるだろう。

一人 われわれの汗は黄金のようになるだろう。ことに、朝それに太陽がふりそそぐときは。

（ろばが急になく。そして体中を震わせる）

一人 おい、フラテ・マルチノ、なにか食べさせてやれよ。

フラテ・マルチノ （ろばに近づいてなでながら）寒いのかもしれぬ。汗をかいている。

一人 ひもじいのだ。《まぐさ桶が一ぱいでろばがなくか》だ。ひもじいのだ。

一人 （乾し草の袋を手に）ひもじいのとくたびれと両方だろう。少し休ませたほうがよい。

フラテ・マルチノ おお、ゆっくりだぞ。倹約してくれ。もう乾し草小屋にはのこり少ないのだから。それに、牛はろばよりもたくさん食べる。新しいのはまだ乳用だからな。

一人 いいじゃないか。今年は、町中とそのまわりのすべての乳牛に、修道院の五つの牧場からだけでも充分なだけ乾し草はとれる。

2

ヴェローナの町、中央広場。たくさんの人が説教をする神父のまわりに集まっている。若々しい姿、汗に輝いている。これも若いそのつれは、より華奢で透きとおるよう。説教壇の一番下の段にすわっている。

説教師　教会はすべての民のものだからです。教会は、信ずる者のかくれ家であり、望む者にとっては、そして望まぬ者にとっても、涼しい風だ。それは、神の門をたたく者の家であり、一人のこらずそこに住む権利をもっており、永遠の健康の杯のところに行く権利をもっている。それは、みなの所有物です。小さいもの、大きいもの、すべての労働と、ささげものが集まって生まれたものだからです。教会は、世にもやさしい花婿であるキリストと結ばれて、あなた方を生み出したのです。と同時にまた、あなた方、あなた方の汗と、あなた方の愛から生まれたものなのです。

（正午の鐘がなる。修道士の熱いことばにうっとりとした民衆は、説教師の合図で立ちあがって十字架のしるしをする）

説教師　これは、われわれのあがなわれた旗じるしです。この大きな仕事は、あなた方の熱心さの象徴、ヴェローナ全体のこのうえない勝利の記念碑となるでしょう。そして新たなる栄光は、古（いにしえ）の暴力のあとをすべて掩いかくしてしまうでしょう。それは町全体が、最近に昔にうけた傷からいやされるしるしとなるでしょう。町が蘇ったしるしとなるでしょう。

民衆の一人　（民衆の一人が前に進み出て）神父さん、わたしは、弟とわたしの領地をわけていた大きな石をもってきましょう。

説教師　よろしい、子よ、神はあなたのたましいのとり入れをふやし給うだろう。

一人の女　わたしは祭壇のために、わたしの結婚のヴェールをもって参りましょう。

説教師　神はあなたを正しさという、もっとよいヴェールでつつんでくださるだろう。

多くの声　わたしは梁材をもってこよう。わたしはうちの工事場から鉄棒を一本。わたしはうちの羊からとれた毛糸を。

説教師　子らよ、あとにしてください。あとで、アンセルモ修道士があなた方の喜捨の申し出を羊皮紙に書いてくれるはずです。それでは、まひるの祈りをとなえましょう。偉大なる神の母の御名によりて――《天の元后喜び給え》

民衆　《汝のもたらし給える御者は》

説教師　《のたまいしごとく、蘇り給いたれば。アレルヤ》

3

大理石を彫る修道士ら。石を加工するためのあらゆる道具のそろった、広い仕事場。鋸、のみ、挺、鉄棒、棒、仕事台、横たえられたもうあらかたできた柱、柱頭。三十人ほどの修道士が太陽のもと日やけして、音楽のように、崇高で律動的に働いている。

一人　もう中央の部分はずいぶんできた。

一人　そうでもなかろう。まだ何年かは。

一人　すでに教会に肉がつきはじめたのはたしかだ。

一人　もし民衆があきずに協力してくれれば、もう四度めの復活祭には、柱の林でアレルヤがうたえるだろう。

一人　もっともっと早いよ。市(まち)の芸術家たちも一緒に仕事するのだから。

一人　ぼくは錯覚はもちたくない。フラテ・ジェルマノのいうことは正しいよ。あいつらは、そんなに信仰をもって働いてはいない。
一人　信仰はさずかりものだ。
一人　しかし、自分でもらおうと努力すべきさずかりものだ。心配があの人たちを不安にするのだ。石はまだ充分にこたえていないのだ。
一人　もっと単純にならなければだめだ。ひばりの歌は単純だ。うぐいすの歌も。
一人　いのちはみな単純なのだ。
一人　松の枝ぶりも単純だ。
一人　山のふところも単純だ。
一人　この大理石の板は、聖餐の卓（つくえ）としておこう。主の胸のように血管が通っている。
一人　山はみな、人間の体とおなじように血管が通っている。
一人　くるみの殻はよく、このうえなく美しい頭蓋骨に見える。
一人　葡萄の葉は、われわれの手のようだ。
一人　ほんとうは、われわれだって木なのだ。
一人　そうだ自然は一つなのだ。
一人　単純なのだ。
一人　幾何学的だ。
一人　しかし、見るためには、けがれない眼をもっていなければならぬ。わたしはジェルマノ以外の手を恐れている。

一人　そうは思わない。神の家で働けば手も洗練されるだろう。
一人　聖霊はすべての人の上にある。
一人　そうだとも。あるところまで行けば、信仰がみなを育ててくれるだろう。恩寵が。
一人　なんだと。まだジェルマノを疑っているのか。
一人　そうではない。われわれをだ。
一人　晴朗(あかる)さだ。あかるさと太陽だ。
多数　（一本の柱を押しながら、そのうちの一番の古参）みな心をあわせ、よいしょ、よいしょ……
多数　よいしょ、よいしょ、よいしょ、よいしょ……

もう教会は相当できている。足場、柱、迫持の支柱、この巨大な事業の半分以上は完成している。労働修道士、司祭修道士、平信徒など、各々の作業の受け持ち区域にちらばって、職人の仕事着をまとっている。汗によごれ、活発で、身振りも命令もはきはきしている。奉仕の調和のよさ。姿も声も一人ひとりちがう。槌音と、よく計算された縄のなげ方。ほうりあげられたかのように、中央の迫持の上に馬のりになった者。手押し車の軋み。柱頭を引きあげようと一生けんめいの人々。足場の一番高いところからフラテ・ジェルマノはじっと見ているが、しばらくすると手に羊皮紙をもって、静かに、あちこちと動きまわる。ほとんどいつも口をつぐんだまま、オーケストラの指揮者のように熱中している。

多数　よいしょ、よいしょ……よいしょ、よいしょ……

一人　あまりゆらさずに。心をあわせて。
一人　フラテ・シムプリチオ、漆喰だ。
一人　真ん中の梁！　溶接はすんだぞ。
一人の男　もうやめよう。正午(ひる)だ。
一人　鐘をならせ。
一人　これは愛の事業だ。
もう一人の男　これはわれわれの市(まち)の一番大切な記念物になるだろう。
一人　これは全人類の事業だ。
一人　基礎の準備はできた。フラテ・ジョコンド、一番よい具合の煉瓦を注文してくれ。
一人　正午。

（鐘がなる。ただちに仕事は全部とまる。修道士らはみな自分の場所で直立。汗をふくものもいる。フラテ・ジェルマノの合図でアンジェルスのみじかい祈り）

フラテ・ジェルマノ　《主のみつかいはマリアに告げたれば》
一同　《マリアは神の霊によりて懐胎せり》
フラテ・ジェルマノ　アヴェ・マリア・グラツィア・プレナ……

（炉の前でもおなじ場面。火に赤くなり、ほこりによごれた胸をあらわにした修道士ら）

一番の古参　《われは主のつかいめなり》
一同　《みことばのごとくわれになれかし》

古参　アヴェ・マリア・グラツィア・プレナ……

古参　《みことばは肉となり》

一同　《われらのうちに住み給えり》

古参　アヴェ・マリア・グラツィア・プレナ……

（河にいる漁の修道士もおなじ。あみ、漁船、石がいっぱい積んである。櫂、おろされた帆）

一番の古参　《父と子と聖霊にさかえあれ》

4

市の付近の城。ヴェローナのブッコーネ公の娘、レジナルダ侯夫人とジルベルト修道士。かの女は若さの沈む頃、まだしかし魅惑的、時の変化をうけない顔。

神父　奥方、おきのどくですが。

侯爵夫人　わたくしはなぐさめがほしいのです。わたくしはひとりぽっちです。

神父　御主人がおありです。

侯爵夫人　わたくしを愛してくださいません。

神父　お子さんたちがおありです。

侯爵夫人　もうわたくしの必要を感じてくれません。

神父　神はいつもわたし共を必要とされます。

侯爵夫人　それは、いまあなたさまという、とうといお方を通してのみ感じております。

神父　もう自分をだますのはやめましょう。このあやまちはなによりも悪いでしょう。

侯爵夫人　時々おめにかかるだけでけっこうです。

神父　しかし、わたし共は家をもっていません。われわれはみなのものなのです。

侯爵夫人　神父さま、わたくしのたましいをあなたさまの御手に委ねます。

神父　わたしは神の神殿のために、罪をひろって歩いているのです。

侯爵夫人　でも……河むこうの大きな領地、ブッコーネ公の一番大切な土地、あれはよろしいでしょうね。

神父　そうですね、あれもだめでしょう。

侯爵夫人　まあ、あの牧場もだめですって。

神父　いけません。

侯爵夫人　あなたは、貧乏人の喜捨をおうけになったのに、ブッコーネ公のはおうけになりませんの。

神父　貧乏人は要求をもっていません。かれらは寄進しますが注文はつけません。

侯爵夫人　キリスト教徒の軍隊でよくたたかった父の記念のつもりだったのです。

神父　キリスト教徒の軍隊も、非キリスト教徒の軍隊も、そんなものはありません。

侯爵夫人　ただ一つ、壁龕（へきがん）をお願いしているだけなのですよ。

神父　それも主祭壇の右側に。

侯爵夫人　人類の恩恵者にふさわしいように。

神父　民衆の一番つまらぬ者さえも、主の御前(みまえ)ではもっと偉大かもしれません。もう仕事は終りに近いのです。あなた方はお宅の召使を自由にして、手伝ってくださいますか。

侯爵夫人　でも、それでは社会秩序をひっくりかえしてしまいます。

神父　われわれは、愛徳の匪賊なのです。

侯爵夫人　侯爵がそんなことにがまんおできになるかどうか、わたくしは存じませんよ。

5

人がいっぱいの広場。あらゆる階級、あらゆる年齢の人がいっぱい集まっている。夏の終りの静かな夕方。大きな館の窓には、何人かの貴族の姿も見える。いつもの説教台と、裸石の階段にこしかけた説教僧の連れ。

説教をする神父　煉瓦の神殿をたてる前に、活きたたましいの教会を神にむかってたてましょう。心が洗われていなければ、儀式もみそぎも奉献もむだだからです。もし、愛がまず、しいたげられた者、貧しい者を助けなければ、もし、王侯が寡婦を保護せねば、権力者が奴隷を解放せねば、抵抗できぬ者に正義が役にたたぬのなら、われわれは主のきらびやかな家をたてたといったところで意味はありません。キリスト教徒の名において、一人ひとりが住むにたえる家をもたぬかぎりは、主の家を黄金でかざってもむだなのです。心と心が離れ、キリスト教徒の共同体が、憎しみによってわかたれているかぎり、神はわれわれの聖櫃には住み給わぬでしょう。それでは、今日、われわれの汗と信仰によって積まれた石までもくずれるでしょう。そして神殿は見すてられるでしょう。墓場のように見すてられ、沈黙するでしょう。いのちの神殿であるかわりに、死人の家となるだろうからです。

一人　神父さん、どうしてわれわれはいつもしいたげられているのでしょう。

神父　われわれはしいたげられているですみますが、キリストは十字架につけられました。

一人の女　わたしたちには家もなく、橋の下でねているのです。

神父　教会はあなた方のものです。

一人の女　わたしは、わたしの男に裏切られ、ひとりぼっちです。そして三人の子をかかえているのです。

神父　神があなたの子供たちのお父さんになられるでしょう。神はあなたを裏切られはなさらぬ。いまわたしは、フラテ・グイドルフォと考えて、教会のために集めた全部を一番こまっている人たちにわけることにしました。神はわれわれの無欲をもっとよく受けてくださるでしょう。主の教会の柱頭一つより、貧しい赤ん坊のためのパンのほうが大切です。さあ、お帰りなさい。あとで、一番貧しい家をまわって歩きますから。

民衆一同　アーメン。

6

橋の上、往来する人の列。市の人、城外の人々。男、女、子供たち。肩に自分の石をのせた幼い子まで通る。富める者、貧しい者、一人で行く者、群をなして行く者。手押し車、荷車。その行列の真ん中には十五人ほどの男が、そりの一種に、聖水盤用の大きな色大理石の一枚石をはこんでいる。会話は、女と老人のとなえる、ゆっくりとした連禱にまざってきこえる。河の上には、砂と材木を積んだ何艘かの舟。労働はあらゆる区域にもえあがっている。もう教会の屋根は全部できている。何人かの修道士と職人は、最後の仕上げのために屋根にのぼっている。廻廊もほとんどできている。支柱や足場の林のなかで、もう全体のかたちが浮きあがっている。広場いっぱいに、まるで戦場のような混乱。仕事は今や、塔と、修道院の一番高い部分に集中されている。労働修道士らが、天使のようにまっ白に石灰にまみれ、軽々と足場の上で働いているのが見える。屋根の上に木の枝をとりつける「屋根の完成を祝う風習」のはフラテ・ジェルマノのはずで、かれの声が、らっぱのひびきに似て、一瞬すべての会話や仕事の熱狂を中断させる。一方、橋の上の人々は、石材や梁材を運ぶ。その中には、ひどく悲しい顔をした、負いかごに自分の石を入れたアウレリアの姿が見える。だれともしゃべらない。その荷をおろそうとすると、すぐそばにいたフラテ・ジェルマノは、かの女を見つけてほほえみかける。かの女はかれに石をわたす。あきらめと悲しみのまざった顔で。はじめは、かれを眺めているだけで満足しているが、やがてかれに近づいて、かれの衣に接吻し、群衆の中に姿を消す。ジェルマノは、かの女のもってきた石をなでながら、ずっとかの女を眼で追っているが、まもなくその石を正面の扉のしきいにもって行って置く。これが、いまもわれわれの通る石だたみの最初の石となる。

一人　明日は砂利と煉瓦の日だ。今日は石と材木の日。

一人　もうほとんど終りだ。奇蹟だ。

一人　もしジェルマノ神父さんがおられなかったら、なにもできてないところだ。

一人　みな同じさ。この修道士さん方がおられなかったら、わたしはイエズス・キリストを知ることもなかったろうさ。

一人　わたしは、ひどいキリスト教反対だった。わたしの心にふれたのは、ジルベルト修道士だった。

一人　この石は、わたしが土に与えた傷をつぐなうためにもって行く。

一人　わたしはかくしはしない。これはわたしの絶え間なく行った姦淫のつぐないのためにもってきている百枚めの石だ。

（女の小さな一団）

一人　ああ、聖ミカエル。

一同　われらを憐れみ給え。

一人　聖ガブリエル。

一同　われらを憐れめ。

一人　聖ゼノーネ。

一同　われらを憐れめ。

一人の男の子　母さん、母さん、ぼくの石はだれのためにもってくの。

母　町の一番の罪びとのためよ。

男の子　町の一番の罪びとってだあれ。

母　わたしたちにはわからないのよ、坊や。お祈りしましょう。

一人　聖ステファノ。

一同　われらを憐れめ。

一人　聖ロレンゾ。

一同　われらを憐れめ。

男の子　母さんも罪をもってるの。

母　もちろん。みんな罪を犯すのよ。お祈り。われらを憐れめ。

一人　聖カテリナ。

一同　われらを憐れめ。

男の子　坊さんたちでも罪を犯すの。

母　聖人たちでもよ。

（みな、広場の中央にある巨大な石の山にきて、石をおろす）

一人　これは、わたしの息子がよく育ちますように。

一人　これは、掠奪を全部つぐなうために。

一人　これは、わたしの家を祝福していただくために。

一人　これは、世のすべての罪のゆるしのために。

何人か　御婦人方、祈ってください。神がわれわれの労働を祝してくださるように。

一人の女　すべての人が、兄弟のようにお互いを愛するよう。

一人の男　もう戦争のないように。

女　もう暴力の行われぬように。

一人の男　もうほとんど終りだ。わたしはフラテ・ジェルマノとお話しした。

一人の女　まあ、なんて運のいい。

一人の男　わたしは修道院長さまとお話しした。あの方は神によみせられた方だ。

一人の女　この場所は天国のようになるでしょう。

一人の老人　もしおまえさん方が信仰をもっていればじゃ。

(色大理石の一枚石を運ぶ一団)

一人　これだけ石があれば広場全体の鋪石になる。

一人　教会から市(まち)の中心までの石の道さえできる。

一人　しかし、なんといってもわたしたちの石は一番だ。これは、聖水の湖になるだろう。

一人　この中で、われわれの子供に産湯をつかわせよう。

一人　わたしは教会に行くたびに、この中で顔をあらおう。

一人　それ、一緒に。気をつけろ。うっかりすると紐(つな)がきれるぞ。

一人　もし、すべての人間がこんなだったら……

一人　われわれがキリスト教徒でなければいけないのだ。
一人　よくいったぞ。
一人　キリストの教えは、少数のためだ。
一人　全人類のためだ。
一人　人類はけものだ。
一人　けものから聖人をつくる、それが奇蹟というものさ。
一人　山から神殿をつくり出すようなものさ。
（帰りがけの人々）
一人　あなた方の罪はこんなに大きいのかね。
一人　自分が正しいと思っている者は、この石よりもっと大きな、もっと重い罪をもっているのだ。
一人　罪が大きければ、今度は信仰はもっと大きいのだ。
一人　われわれは、山を運んでいるのだ。
一人　この石を掘るために、われわれは山の真ん中へ行った。
一人　誠実な罪人は、よいキリスト教徒の土台だ。
一人　ああ、ごらん、ジェルマノさんだ、屋根の上にジェルマノさんが、手に小枝をもって。
多数　（大声で）ジェルマノさん、ジェルマノさあん！
フラテ・ジェルマノ　（屋根からどなり返しながら）兄弟たち、上をごらんなさい。花咲く山をごらんなさい。心を高くあげなさい。
一同　わたしらの心は主のもとにあります。

（一人の若い修道士は塔の足場から知らず知らずに身をのり出し、大きな台の上で喜びに躍りあがるが、一瞬、平衡を失い、ひっくりかえった台からあっというまによろめきおちる。男女の叫びがあたりを凍らせる。暗い奇蹟にでもあったかのように、すべての顔は恐怖にこわばる。ある者はへたへたとすわりこみ、ある者はその事故の現場にかけよる。フラテ・ジェルマノはとぶような大またで降りてくる）

フラテ・ジェルマノ　主よ、かれを助けてください。わたしたちをお助けください。主よ！

（修道院長はすでにその場にかけつけている。修道士みながまわりに集まっている。転落した修道士は顔も手も衣も血に染まっている）

修道院長　子よ、わが子よ。

フラテ・ジェルマノ　だれだ。

フラテ・ガウニローネ　マリアノだ。若い玄関番の。

フラテ・ジェルマノ　一番だれよりもやさしい。

修道院長　早く、早く病室へ。

一人　腕を折っている。

一人　両足も。

一人　悪霊のうらみだ。

一人　はかりしれぬ神の思し召しだ。

一人　が、神はこのようなことをおゆるしにならないはずだ。

一人　神に憶測をむけてはならない。

フラテ・ガウニローネ　静かに。早く、早く病室へ。
フラテ・ジェルマノ　（かれに接吻して）フラテ・マリアノ！　マリアノ！
フラテ・マリアノ　ジェルマノ、《わたしたちのこころは主のみもとにある》のだ。
フラテ・ジェルマノ　死んではいけない。
フラテ・マリアノ　教会には血が要るのです。
一人の女　わたしは心を落としてしまったような気がする。
一人の男　だが、どうしてわたしに起こらなかったのだろう。
一人の男　ああ、地上の喜びは長つづきしないものだ。
一人の女　あのひとのお母さんのことを思ってしまう。
一人の女　大いなる悲しみの神のみ母。

7

湖の岸の村落。歌のために半円にならんだ子供たち。もう復活祭は近く、修道士は御復活の続誦を教えている。

神父　よくきいて。イエズスさまのご生涯は、おまえたちみんな一束にしたよりも、もっと罪のない、一人の子供のお話なのだよ。
一人　でも、ぼくはなにも悪いことはしたことないよ。

神父　いままではね。けれどいまに！　けれどキリストさまは、わたしのように大きくなられたが、なにも悪いことをなさらなかったばかりか、一生を人に真理を教えるためにすごされたのだ。

一人　神父さま、真理ってなんですか。

神父　真理は愛のことだ。いいことをすることだ。キリストさまはご自身、真理でいらした。けれど殺されなすったのだ。

一人　それじゃ、真理が殺されたのですか。

神父　まあそうだ。しかし、真理は死ぬことができぬから……

一人　でも、殺すなんて。だれがそんな悪い人だったのですか。

神父　人間たちだ。わたしたちが悪いことをするたびに、その人たちになる。

一人　ぼくはだれも殺したことはない。

神父　と思うだろう……しかし、罪を犯すたびにわれわれは自分を殺すのだ。神さまに似せてつくられた、われわれのたましいを殺すのだ。そうそう、前にもどろう。真理は死ぬことができぬから、キリストさまは死から生きかえりなさった。そのときから、キリストさまの死は全世界のいのちになった。

一人　神父さま、ぼくはいい人になりたい。

神父　このことをいつまでも信じていればいい人になるだろう。いつまでも罪のない人でいればだ。

一人　それでは、神父さま、神父さまは罪がないのですか。

神父　わたしか、わたしはおまえたちのように罪のないというには、あまり大きくなりすぎた。さあ、それではは じめよう。明日のためのアレルヤをうたおう。

一人　あしたのために、母さんは一番ふとった小羊を殺したよ。

神父　母さんたちが、いい子たちのために、たべものをつくるときはいつもいい人だ。さあ、早くうたおう。

一人　だけど罪ってどんなこと？

神父　いやなことだ。うたおう。

（うたう）アレルヤ、アレルヤ、アレルヤ。

第一合唱　おお子らよ、むすめらよ、
　天の王は、栄光の王は

第二合唱　きょう、死から蘇り給えり、アレルヤ。

一同　アレルヤ、アレルヤ、アレルヤ。

試練

修道院長の部屋で、修道院長とフラテ・ジェルマノ。

フラテ・ジェルマノ　院長さま、聖霊降臨祭が近づきました。聖霊は石の上にも降られました。

修道院長　その日には、われわれの仕事が終るかね。

フラテ・ジェルマノ　はい、最初の部は。教会の建立式にはみなが列席できるよう、宣教の修道士らをよび集めるために、お使いを出していただきたいのですが。

修道院長　厳かな前夜の日には、みな帰るよう、もう命じてある。

フラテ・ジェルマノ　もしも院長さまに、芸術家の仕事場を訪ねていただければ。少しでもかげのあるものが、壁龕や正面の扉の聖人にまじりませんように。わたしは、フラテ・ランドルフォがあぶないように思えるのです。

修道院長　あぶない？　それでは行こう。

フラテ・ジェルマノ　いいえ、ちょっとお待ちください。わたしが恐れているのは、フラテ・ランドルフォとそれから……フラテ・ジェルマノなのです。

修道院長　なんだと？

フラテ・ジェルマノ　そうです、フラテ・ジェルマノです。もうたたかいはじめてから、何日たつでしょう。幾月、幾年……にもなります。

修道院長　たたかっている？　何年も前から、たたかっていると？

フラテ・ジェルマノ　もう大丈夫だと、もうすべておさえてしまったと思っていたのです。もう終ったと、もう他の人になったと思っていたのです。

修道院長　ジェルマノ、われわれのうちにある悪はいつまでたってもおさえられぬものだ。

フラテ・ジェルマノ　これほど努力し、これほど汗を流したからには……と思っていたのです……わたしの手のすることを憎んだこともたびたびでした。

修道院長　サタンの申し出をうけ入れることを拒んだ者は、石をパンに変えることを拒んだ者は、傲慢を謙遜の山に変えることを承諾したのだ。

フラテ・ジェルマノ　神父さま、もっとひどいことなのです。わたしは神を試そうとまでしました。わたしは仕事が終るにつれ、迫持（せりもち）がかかり、二枚の大きなつばさのように広がって行くのを見ながら、自分を消耗し尽くそうとしたのです。くさることなく、土にうずめられることもなく、入口の壁龕に入れてもらうために、救い主と偉大なる神の御母のすぐあとに香をたかれるために、仕事が終るとともに死にたいと思ったのです。こんなことを望んだのです。神父さま、そしてもっとひどいことも考えました。わたしは、いのちを試み、死を試み、聖性までをも試みようとしたのです。わたしはみなの信仰を裏切り、ものを冒瀆しました。神父さま、おゆるしください。

修道院長　わたしは、神がもうおまえをゆるされたように、おまえをゆるそう。さあ、子よ、お立ち。次のたたかい、もっと厳しいかもしれぬ次のたたかいのために、身をかためなさい。それは信仰のたたかいかもしれぬ。そのたたかいをおまえが、真の聖人たちとおなじようにすごせるよう——それはサタンでもおまえでもなく、神ご自身がある日、おまえのうちに爆発させるかもしれぬものだ。さあ、仕事は第一部しか終えていない。外の部分はよりやさしいのだ。いまは中をはじめねばならぬ。修道士をつくりあげねばならないのだ。そして人は神に似ている。それは、円屋根も塔も見えぬ神殿だ。感覚を飾るのは一番むずかしいこととはいえない。恐ろしく厳密なのはたましいの城なのだ。その幾何学的法則は神の思し召しの中にかくされている。それは信仰と恩寵のわざであり、だれもそれをわきまえているものはなく、高みからさずかるものであって、それこそ、救いを保証できるものなのだ。さあ、お立ち、いいね、この時のくるのをわたしは待っていたのだ。この敗北をおまえがなめるよう、望んでいたのだ。おまえが働いているあいだ、わたしはおまえのために祈っていた。御父はわたしの願いをきいてくださった。いま、いまになってはじめて、わたしはこれが神のみわざであり、おまえの仕事でないと思うことができる。

フラテ・ジェルマノ　神父さま、おゆるしください。わたしは神のためでなく自分のために、自分のために呪われた教会をたててしまいました。

修道院長　キリストとその聖人たちのための祝福された教会だ。おまえがたてているあいだ、神がおまえを打ち壊されていたのだ。石が高く積まれて行くあいだ、神はおまえの考えを一つひとつ落として行かれた。もうおまえは無でしかない。一つの道具。ただ一人の職人でいられる方の手ににぎられた定規、のみにしかすぎないのだ。

フラテ・ジェルマノ　主はわれわれの家に住んでくださるでしょうか。

修道院長　煉瓦の家に、血の家に住まわれるだろう。その聖櫃のうちに、おまえのうちに、住まわれるだろう。おまえさえ、入口をふさがねば。

フラテ・ジェルマノ　はい、けっしてそんなことはないでしょう。

修道院長　それもいってはいけない。あの方が教えられたこのことだけいいなさい。《われらをこころみに引き給わざれ》

フラテ・ジェルマノ　《われらを悪より救い給え》

修道院長　アーメン。さあこれでよい。さあ、ゆるしの接吻。そしてこれからは、もうおまえの名は、フラテ・ジェルマノではない。これからはフラテ名なしになるのだ。これがおまえのほんとうの名だ。さあ、行こう。

（いま、修道院長とフラテ・ジェルマノは橋をわたって芸術家の仕事場に行く。そのあいだにも一団の修道士は教会正面の足場をとりはずしている、他の一団は修道院の足場を。たくさんの働き手が、それぞれに広場をかたづけ、道をきれいにしている。塔の上ではまだ仕事がつづいている。それさえもう完成に近い。そのあいだにも足場からの会話がきこえる）

一人　人間は塔みたいなものではないのか。

一人　修道士は雷よけの松のようだ。

一人　それでは修道士は神の避雷針のようなものか。

一人　そうだとも。雷にあてられた人間だ。

一人　ほんとうかもしれない。でなければ、人類はきのどくなものだ。

一人　神はいつかキリストに対してなされたように、われわれの上に落ちてこられる。

一人　それは、荒廃と、死の瞬間だ。
一人　しかし、つらいことだ。
（大理石、像や道具のいっぱいちらかった新しい修道院の一部屋で、フラテ・ジェルマノと院長とフラテ・ランドルフォ。三人とも緊張しているが、落ち着いている。ランドルフォだけは少しとまどっている。はだかのエヴァの像が被いをとられて見える）
フラテ・ジェルマノ　ほんとうのことをいってくれ、ランドルフォ。これはおまえの思っている女の像で、創り主の手になった女ではないだろう。
フラテ・ランドルフォ　……そうです。
修道院長　そしてその人をいまも愛しているだろう。あまりにもはっきりしている。
フラテ・ランドルフォ　そんなことはありません。
修道院長　像のことをいうのだ。女はもう愛していないかもしれぬ。
フラテ・ランドルフォ　……たしかにそうです。
フラテ・ジェルマノ　それが悪いことはない。おまえはたたかわねばならぬ……それだけだ。われわれはみな、たたかわねばならぬなにかをもっている。それが現実なのだ。
修道院長　芸術が人間の一番深い鏡だということ、そして作品が、神にのぼる段階または神への上昇を、あるいは神からの下降をあらわすということがわかった。
フラテ・ジェルマノ　わかるかい、ランドルフォ。がっかりしたり、ここでやめてしまったりしてはいけない。仕事は君を救うのだ。いつかはそこに行きつけるだろう。偉大な芸術を、いのちの頂点を見あげるのだ。黙想しながら、どのように神が創造のわざをなされたかを探求するのだ。

それについて深く考え、自分について黙想するのだ。そしてそれを石であらわすのだ。そして、もっと祈りをふやすことも考えるべきなのかもしれない。聖人は神から離れた時が一瞬あってもならぬからだ。無意識の時でも、それどころか、あまりに簡単であまりに明白なので、まるで自然に見えるような時こそ、大切なのだ。被造物に気が散って、われわれの神は父親で、われわれの理性を導いてくれるのだということが、よくわかっていないということもあるかもしれぬ。

フラテ・ランドルフォ あらゆる芸術は神をうやまってなされることです。

フラテ・ジェルマノ すべての偉大な芸術は。精神のはたらきは少なくとも二つあるといえよう。一つは発見のそれで、もう一つは心の迷いのそれだ。前者はインスピレーションの源への近づきであり、後者はそれから遠のくことだ。それは肉のかわきからきたものか、精神のかわきからきたものかということだ。わけるということは、二つの方向があり、二つの主権の存在をみとめることだ。そこで精神は、《深み》と《高さ》のどちらにむかうのかを、反逆の霊か、神を崇める霊かのどちらかを、選ばねばならぬのだ。

フラテ・ランドルフォ いつか、物質と精神というようなものは、もうないといったのはあなたではないか。ただ人間があるのみだと。そして人間がすべてをあらわすのだと。

フラテ・ジェルマノ それでいい。ただ人間しかない。人間はその全体においてすべてをあらわすのだ。それは人間が、あがなわれた現実において、恩寵と光の現実において、みとめられるということだ。でなければ、あがなわれる以前の、すなわち罪の、そればかりか闇の、非現実性のうちにおちこんでいるということだ。

修道院長 だから、第一の芸術は、人間がのぼって行くのを通して行われる一致の芸術、創造の芸術なのだ。第二のは転落の、下って行く芸術だ。正反対の方向にむかった二つの美しさ——そして第一のは、消えることなくいつまでも、より美しくなり、第二のは、どんどん美しさを失う。しかも、すっかり消えることはなく。というのはすべての現実は神のつくられたものだからだ。ルチーフェロでさえ、たとえなく美しい。

フラテ・ランドルフォ　それがわたしの苦しみです。《ルチーフェロの天から堕ちるのを、わたしは消えた彗星のように眺める》

フラテ・ジェルマノ　われわれにはすべてのものに、みことばの光をもう一度引きわたすつとめがある。

フラテ・ランドルフォ　といっても、わたしには大したことはできないでしょう。

修道院長　それは思いあがりというものだ。

フラテ・ランドルフォ　これはわたしの罪の像です。

（ふいに、鉄の棒をつかみ、これを神経質ににぎりしめる）

ゆるしてください。

フラテ・ジェルマノ　自分を浄めよう。

フラテ・ランドルフォ　わたしをゆるしてください。これは肉だけの像です。

（二度、ひどく叩いてその像を破(わ)る。像はこなごなになる）

修道院長　おまえのためにも祈った。いまおまえたちは、わたしのために祈っておくれ。また仕事をはじめなさい。

フラテ・ジェルマノ　もうきっと、処女なる母をつくる準備ができたろう。

フラテ・ランドルフォ　わたしをゆるしてください。

（フラテ・ジェルマノと修道院長は、一緒に古い修道院にもどる）

修道院長　われわれはみな試みられる。

フラテ・ジェルマノ　わたしは悪の問題について考えるのですが、答がわかりません。

修道院長　ある問題は、ただ一つの答しかもっていない――神をあがめるということがそれだ。

フラテ・ジェルマノ　事実、わたしは討論ということは信用しません。

修道院長　わたしは、いのちしか信用しない。いま、あの世界中にちらばっている、きのどくな子らのことが気になっている。かれらの信仰がけっして減るようなことがないよう祈ろう。

フラテ・ジェルマノ　もうすぐ聖霊降臨祭です。火はもみがらを燃してしまうでしょう。

修道院長　なににしても、神はわれわれに多くを望まれれば望まれるほど、多くを与えられる。試みが大きいということは、より高く尊重されているということだ。

フラテ・ジェルマノ　それでは神はわれわれを、はかりしれぬほど、耐えられぬほどに尊重されているのですね。

修道院長　われわれを尊重されるあまり、愛にかられてわれわれを羨まれ、われわれの一人になられた。神のみわざにわれわれ、役にもたたぬ僕（しもべ）を協力させてくださるまでに。わたしは宣教地から、よくない知らせをうけている。そして今日はなにか、いやな考えがうかぶのだ。

フラテ・ジェルマノ　父よ、あなたは母親のように、わたし共をみな心に抱いていてくださいます。そして、今日まであなたの予感ははずれたことがないのです。

修道院長　われわれは一つのからだではないか。足が手が病むときは、一番苦しむのは頭ではないだろうか。しかし、あなた方は頭のために祈りなさい。頭が病むとからだ中がそれを感じるからだ。いまわたしは、あまりにも孤独なような気がする。あまりにも孤独なのだ、いとしい子よ。

フラテ・ジェルマノ　そんなことはありません。わたし共はけっしてあなたを一人きりにはおさせ申しません。今夜の祈りをあなたのために神におささげしましょう。あなたはわたしを解放してくださったからです。感謝します。

修道院長　神に御礼申し、おまえのたましいとすべての感覚に平和があるよう。

フラテ・ジェルマノ　わたしはあなたにどこまでもお従い申します。

修道院長　宣教師の兄弟たちのために祈りに行こう。

（教会に入る）

石霰（あられ）

まだはじまったばかりなのに、ひどく暑い夏の夕方、山のふもとの大きな村。聖霊降臨祭の前の週。宣教師らは二人の開拓者のように、全地方を一つひとつ歩いてまわっている。

第一の修道士　もうわれわれの受け持ちの土地はみな歩いた。もう充分にやったといえる。神は石からでさえもアブラハムの子らを立ちあがらせ給うが。

第二の修道士　しかし、この旅は終りが悪いような気がする。

第一の修道士　どうしてだろう。悪く終るにちがいないと思っていると、悪く行くぞ。

第二の修道士　わからないが、たぶん力が足りぬのかもしれぬ。いまは神のみことばさえも、根づかせようとすると異様なほど力が要る。

第一の修道士　君の計算は、少し人間的すぎるように思えるが。

第二の修道士　神はその被造物がうちにもつ力に賭される。われわれはしばしば、よろいをつけぬ剣士だ。

第一の修道士　それでは恩寵は？

第二の修道士　たぶん帰ったほうがいいだろう。修道院長がなんといわれたかおぼえているかい。

《もう力が尽きたと思ったら帰っておいで》われわれは神を試みている。ここからは修道院までたった三日の道のりだ。

第一の修道士 これが最後の村だ。聖霊降臨でみな新しくなるのを待って、秋にまたはじめよう。

（妙に明るい夕方。修道士たちは、ほとんど全部が塀で囲まれた村の門のところまできている。だれかが門の上で見張っている。かれの合図で十五人ほどの男女――ならず者のような顔つきで、中にはきたならしい男の子までまざっている――が通行を妨害でもするかのように入口にならぶ）

一人 くるぞ、くるぞ、浮浪者が。

（笑い、淫らなことば、ことに女から）

一人 にせ乞食。

一人 死の説教坊主。

一人 入らせてはだめだぞ。

一人 石を投げつけてやろう。

一人 近くの村では、宿屋をみな閉めてしまった。

一人 あいつらは、楽しみの破壊者だ。

一人 さあ、石を投げろ、おまえたちは上からな。ここを通してはいかんぞ。

一人 干からびて弱々しい男ら。

一人 われわれの踊りを、われわれの楽しみを台なしにしにきたやつらだ。

一人 こいつらを信じるやつらは、まぬけだ。

（いま四、五人の熱狂した男女は、壁の上から石を投げようとしている。修道士らは、もう石の届く距離にあり、道の真ん中で立ちどまる。はじめは、二人はみなをなだめようとする）

第一の修道士　おお、善良なる人たち、あなた方に迷惑なことはなにもしません。

一人　（門の上から）あんたたちは、わざわいをもってくる。

第二の修道士　べつに寄進をいただきにきたのではない。

一人　わしらの女を横どりするくせに。

第一の修道士　天から、たくさんの使者をおくっていただくようにお願いしよう。

一人　たくさんの楽しみについては、こちとらで考えようぞ。

第二の修道士　キリストの御名において。

一人　地獄の名において。

一人の女　腰ぬけ男らとなにを話してるんだい。あんたたちはどこの人？

（一にぎりの泥を投げつける。みな笑う。修道士の一人は祝福のしるしに手を広げる。きたならしい少年がかけより、石を投げる。それは、祝福している修道士のひたいにあたる。群衆の笑いさざめきは、気の狂ったように大きくなる。一方、修道士の顔には一すじの血が流れる。二人の宣教師は一瞬とまどうが、立ったまま静かに、はきもののちりをはらい、十字架のしるしをして、軽くおじぎすると帰途につく）

第一の修道士　ひょっとすると、主にあまり無礼だったのかもしれぬ。

第二の修道士　罪を犯したかもしれない。

第一の修道士　これは、われわれの聖霊降臨節だ。前夜まではあと三日しかない。

第二の修道士　これが、第一の宣教の終幕だ。

第一の修道士　他の兄弟たちの犠牲にくらべればなんでもない。

第二の修道士　キリストの御苦しみにくらべれば、なんでもない。

第一の修道士　修道院長にはいわぬほうがよい。

第二の修道士　だれにもなにもいわぬほうがよい。

第一の修道士　御父がかれらをゆるされるように。

第二の修道士　わたしたちもゆるしていただけるように祈ろう。もしわれわれが聖人だったならこうはならなかったのかもしれない……

第一の修道士　ああ、主よ、われらを憐れんでください。あなたの大いなる善さによって。

第二の修道士　われらの罪を消してください。

聖霊降臨の前夜

空は、ひどく澄んでいる。森は、夕やけに燃えている。道も、家々も、橋も、河も、もう祭りの気分に満ちている。市じゅうが、明るくほがらかな鐘の音に満ちている。広場も、教会の正面も、修道院も、はじめての聖体拝領に行く前の少女らのたましいのように、整頓されている。聖歌 *Veni Creator Spiritus* の二部合唱にあわせて、修道士と民衆が広場を行列している。修道院長はミトラをかぶり、聖水器をもって建物と広場を祝福している。司教は牧杖をもって貴賓席にいる。そのうしろには、当局者らと市会議員らがみなそろっている。あるところへくると、民衆は立ちどまり、広い整然とした円をつくる。修道士らは教会の正面に、その輪の中にかたまる。踊りの時がきたのだ。

第一合唱　いつくしみと愛のあるところ
主はともに在ます。

第二合唱　愛はキリストの一致に
われらをとかしこむ。

民衆　いつくしみと愛のあるところ

主はともに在ます。

合唱　歓び踊れ

この喜悦によって

そしてわれらもこころから

愛しあおう。

民衆　いつくしみと愛のあるところ

主はともに在ます。

第一合唱　悪しき争いはやみ

いさかいはやむように

主キリストは

われらがうちにおられます。

民衆　いつくしみと愛のあるところ

主はともに在ます。

第二合唱　聖徒とともに

仰ぎ見ましょう

輝ける御顔を

主キリストよ。

第一合唱　その喜びは果てしなく

尊く……

一同　とこしえに。

民衆　アーメン。

民衆が第一の繰り返しをうたっているあいだに、修道士らはみな、聖なる踊りの位置につく。厳かな、酔ったような踊り。そしてすべての人々が、教会が、広場が、家々が、この儀式にあずかっているかのよう。音楽、声、動作、衣服、色など、一つのたましい、限りなく甘美な、いいあらわせぬような、ただ一つのアルモニア［ハーモニー］となる。そのとき、ある道の角に、レジナルド神父と連れが宣教からもどってくる。この光景を見たとたんに、打たれたように立ちどまり、わっと泣きかけるが、まもなく喜びにあふれて、二本の矢のように民衆の輪を横ぎる。ほこりにまみれ、疲れはて、まだ肩には袋を負ったままで、踊る人々の群に入り、顔に真珠の粒のような涙を伝わらせながら、自分たちもうたい出す。最後には、石を投げられた二人の修道士もやってくる。もっとくたくたに疲れ、泥にまみれていて、陽にやけ、一人はひたいにうけた石のあとがはっきり見える。かれらも立ちどまり、石を投げられたほうは、すぐに傷をかくさねばという気持ちにかられる。もう一人、健康なほうは、すぐに踊りに加わるためとび出すが、仲間を連れにもどり、二人で跳ねながら踊り手の群に加わる。合唱が終りに近づくと、修道士ら、当局者、民衆は、教会に入る。大きな胸にすいとられて行くように。広場は人気(ひとけ)がない。家々はひっそりとし、塔は恍惚としている。河は泡をたてて、とうとうと流れている。いま、きこえるものは声だけである。そして次第に声さえも消えてゆく。するとそのしじまに、教会の踊りがはじまる。あるときは、波の上にゆらゆらとゆれる舟のように。あるときは、鏡の中の自分の姿にみいる花嫁のように、くるくるとまわり、まわりつづける、いまここに迫った婚礼に酔いしれて。それから一瞬とまり、かぎりない旅に発つ——広場をすぎ、河をわたり、町の空にのぼる。狂ったような、しかし厳かな旅。驚きに満ちていて、あまくやさしい。恐怖と喜びの悪夢に変わる旅。容れきれないアルモニアに変えられた洪水のように、噴きこぼれる旅。アルモニアは高くのぼり、のぼりつづけ、神殿の石に汗をかかせ、ついに、すべての人間的手段の尽き果てたとでもいうように、がっくり止まる。すると、修道院長の声が教会の中から、高く厳かに、目に見えぬまま、教会の内部全体を、あらゆる空間を満たす。

声　碇(いかり)をあげなさい。もう何世紀も前からキリストは歩きつづけておられる。希望を高くかかげなさい。かれの歩みは、星の軌道に似ている。これは、いのちの船だ。石と血の船、暗闇をたがやして行く星座、明日、聖なる地震の日に、大地の面を新たにつくらんとて、ふたたびくだり給う聖霊の家なのだ。これは、活ける聖霊降臨、新しき蒼穹(あおぞら)と、新しき大地のしるしなのだ。

すべての民　(霊たちの合唱のように、目に見えず)アーメン。

第三幕

春のなげき

もう　わたしは　咲きつかれてしまった。
かえってくるよろこびも　もう感じない。
この柱頭は　何世紀も前から　しおれることなく
これらの色は　時とともに　鮮やかになり
このひかりは　いつも新しい。
像たちはわたしをながめ　わたしに同情してくれる。
やっと柱廊の柱たちだけが　わたしに
わたしの葵とばらと共に　はいのぼるのをゆるしてくれる。わたしは
やっと　ジャスミンたちの母　四月がくるごとに
つれてくる　つばめたちの友。しかし　この石たちは
いつも　いつも　巣をかけ
あらゆる季節にうたっている。

夏のなげき

ここで　わたしは　負けてしまい　敗れ去った。
こじきのように広場に
置き去られている。わたしの肉は
熱気に溶け、わたしの太陽は
意味なく　この獅子たちに挑む。
ここには　もうひとつのひかりが　かがやいている。
ここには　たゆることない　もうひとつの火がもえさかる。
わたしがもえあがり　溶かすほど
なかには涼しさがひろがり
迫持（せりもち）はかるく
やさしくなる。わたしが枯れるとき
すべての石はきんいろになる。
そして秋が近づき
わたしが疲れはてて出発しなければならぬとき
堂の正面は　血のうねりとなる。

秋のなげき

ここで　わたしは　役にも立たず　ばかげている。
わたしは　太陽に倦きた森にまたれている。
わたしは　河にまたれ　巣をかけるのに倦いた
山鳩に　またれる。
しかし　ここでは　あいさつ一つうけない。
わたしは一年でもっとも　つつましやかな季節
いちばんおとなしい。ひどくしかめつらをしたお城も
心をふるわせ　わたしのあらわれるのを
外套や　死のくちばしのうちにまっている。
しかし　ここでは　扉は　まだ森のなかにでもいるかのように
蜜をたらし　香をただよわせている。
いろは　いまだに　世のあけがたのいろだ。
らんぷと柱頭は　はじめて乳をやる母たちのように
ひかりをほとばしらせる。
わたしが　とこしえに　きえてしまったところで

この石たちは　涙ひとつながしてはくれぬだろう。

冬のなげき

ここでわたしは　つきさされ　血をながされた。
ここで死は　わたしに　反抗して
立ちあがった。海から　湿地から
湿気と塩気と共に　わたしはやってくる。
わたしは　氷と　霧と共にやってくる。
あらゆるわれめ
あらゆるしわはわたしのもの。漆喰のかき傷も。
こわれた窓枠　樋をおおう
こけも。
しかしこの石の肉は
あつくなるばかり。
柱たちは　若がえるばかり。
わたしが　わたしのいじわるを

わたしの悲しみを　ぜんぶ　なげつけても
迫持の　本堂の　壁のところには
いつも　ほほえむ顔がある。どこかの壁のくぼみは
よろこびの巣になっている。
わたしは戸口でとまって
かれらにはかかわらぬほうがよさそうだ。
これらの石は　わたしの
きびしさに　まったく勝ってしまったから。
恩寵が　かれらのものであり
わたしは破壊なのだから。

よるとひるの対話

ひる

わたしはここで　いつまでも　ひかっている。
もう　ねにいくこともできない。
夕べ　わたしは堂の正面で
むすめにあいさつする恋人のように
ぐずぐずしてしまう。
れんがは　火でできていて
よるは　燠（おき）のようにかがやく。

よる

わたしはというと　みすてられた　つよい敵。

わたしには　このふちをこえさせてもらえない。
はなしておくれ　河よ　わたしのなげきを
おまえはわたしのなみだをみな　あつめてくれたのだから。
堂の後陣は　わたしの孤独の囲いになり
夜の境界線になった。
わたしは　いらくさの中にすてさられ
だれにも愛されずに　凍えているというのに
教会のなかは　ひかりの瞳でいっぱいだ。
いちばんくらい時刻でも
まどは　わたしの様子をさぐりつづけ
いつも　ともされた松明のように
あかるい顔をしている。

ひる

わたしはというと　キリストの
似すがた。いつもパンのように

白く　聖体顕示台のようだ。
わたしはすべての修道僧の友。
歌隊席のいちばんの上席は
わたしのために　あけてあり
食事のときも　お客の席がわたしのもの。

よる

みなは　わたしが　つみの
似すがただという。死の
みなもとだと。わたしを　みなは
亡者の恋人
奸策　いろいろなものの
混乱とよぶ。しかし　だれひとり
わたしの　心を　みたものはない。

ひる

おお　夜よ　そのことばは
ひどすぎる。おまえのためにも
よいうたはあるのだ。
おまえのためにも　聖なる
思い出は。おお祝された妹よ、
《おお　よるよ　しずけさよ
完全なる終りの　似すがたよ》

よる

しずけさ？　くさりにつながれた！
わたしを　よみがえりし御ものの
眼のまえに　ころがすときだけ
おもいだされる　わたしだ。

もう　わたしのいだききれぬ
ある神秘の雷(いかずち)によって
わたしの目をくらませるときだけなのだ。
いつも　この後陣につながれ、
世紀から世紀へと
ひかれてゆくのだ。

教会の対話

そして後陣はいう
　わたしは暗の終るところだと。
そして堂の正面はいう
　わたしは空の城壁だと。
そして中央の柱廊はいう
　わたしは主の銀河だと。
そして柱たちはいう
　わたしたちはうごくことない林だと。
そして祭壇のうえの円天井はいう
　わたしは永久（とわ）の虹なのだと。
そして地下の聖堂はいう
　わたしは主のうちにねむる
　からだたちの倉だと。
そして主祭壇はいう
　わたしはいのちの卓（つくえ）だと。
そして聖櫃はいう

わたしは沈黙のはこぶねだと。
そして柱頭はいう
わたしは天使たちの巣なのだと。
そしてもうひとつの柱頭はいう
わたしはしゅろの葉のたばなのだと。
そして三ばんめの柱頭はいう
わたしは太陽のむすびめなのだと。
そして屋根はいう
わたしは空間をさえぎるものだと。
そして廻廊はいう
わたしは花よめのゆびわなのだと。
そしてある僧房はいう
わたしは恋のひみつの小べやなのだと。
そして香部屋はいう
わたしは婚礼のまちあい室なのだと。
そしてロマネスクの迫持はいう
わたしは地球のまるさだと。
そしてゴシックの迫持はいう
わたしはみことばの垂直なすがたなのだと。

そしてはじめの迫持はいう
　わたしはひかりの完成なのだと。
そして二ばんめの迫持はいう
　わたしは神秘の完成なのだと。

〈そして名なしの修道士のかげはいう〉

迫持たちよ　柱頭たちよ　柱たちよ
おまえたちは　霊のかたち
組立でしかないのだと。かれは　われわれの
うちに肉となりたまい　われわれはおまえたちの
うちに石となった――みな一しょに一つとならんがために。
そしてすべての煉瓦は　かれの御血の一しずくずつを
すったのだから　いま　みな　そのはかられた
自由をうたうように。あなたたちは　みなで
ひとつの　アルモニアなのだから。
そして　人がかれについてしゃべらなくなる時がくれば
石たちよ　おまえたちがつづけてしゃべっておくれ。

ダヴィデ・マリア・トゥロルド、その生涯と作品

中山エツコ

本書は、聖母マリア下僕会の修道司祭であり、詩人、作家としても知られるダヴィデ・マリア・トゥロルド（一九一六〜一九九二）が一九五一年に発表した最初の戯曲作品（原題 *La terra non sarà distrutta* ガルザンティ社刊）を須賀敦子が訳したものである。翻訳の年代は定かでないが、一九六〇年代前半と思われる。

なお、須賀の残した翻訳原稿では、本文12ページ、41〜42ページ、43ページの聖書引用箇所の訳が抜けていたため、中山が補った。また、［ ］の注釈も中山による。

物語の舞台は、西暦一〇〇〇年の数年前、ヴェローナ市に近いアディジェ河畔の一修道院である。諸民族の侵入による破壊の跡も痛ましい修道士たちの共同体では、みながヨハネの黙示録に描かれる世の終末が近づいていると恐れている。世界の終わりの前に、自分たちが築いたものを自らの手で破壊し、悔改めよという修道院長の言葉に、動揺しながらもみなは従う。しかし、若い修道士フラテ・ジェルマノが、死が近づいているのではなく変化が訪れるのだと唱え、修道院は二派に分かれて混乱する——

作品の時代背景

本書の第一幕は、聖書の解釈とキリスト者の生のあり方をめぐる修道院内部の葛藤を描いており、閉じた修道院のなかで展開するが、第二幕になって、外の世界の状況にも触れられる。

ここで少し歴史をふりかえっておくと、北イタリアはランゴバルド王国、フランク族のカロリング朝の時代を経て、十世紀にはドイツ王を皇帝とするローマ帝国（のちに神聖ローマ帝国と呼ばれるようになる）に支配されていた。ヴェローナを含む北東部はカロリング朝時代にヴェローナ伯領となっていたが、九六二年にローマ教皇の手により戴冠して皇帝となるオットー一世が、バイエルン公国に編入し、のちにはケルンテン公国の統治となった。ヴェローナ伯領は、戴冠のためにローマへと向かう皇帝たちの通り道であり、帝国と強く結びついた土地となった。このような歴史的背景から考えると、史実に従うとすれば、本書第二幕の「政治談義」の場面で語られるヴェローナの「殿」「大公」はケルンテン公オットー一世ということになろうか。そして、「皇帝」はオットー三世（在位九九六～一〇〇二）、「ローマ」はオットー三世が自ら選んだ初のドイツ人教皇で、皇帝自身の従兄弟でもあるグレゴリウス五世（在位九九六～九九九）、あるいは同教皇下のローマ教会であろう。当時、イタリアには多くのドイツ人司教がいたとされるが、ヴェローナ司教「オベルト」もその一人である。

帝国に抵抗するイタリア諸侯の戦いは絶えなかったが、そのなかでも帝国権力、帝国と結びついた司教の権力拡大に対して戦ったアルドゥイーノ・ディヴレア（イヴレア侯アルドゥイーノ）が知られている。アルドゥイーノは領土の諸権利をめぐってイヴレア、ヴェルチェッリの司教と対立、九九七年にはヴェルチェッリの町を襲撃して司教を死に至らせ、破門された。本書の同じ場面の、アルドゥイーノが「帝国の権威を覆す運動の頭にたっているらしい」という言及（89ページ）はこのような対立を踏まえている。司教オベルトもアルドゥイーノの軍を恐れていることが暗示されるが、実際、帝国に敵対する諸侯から一〇〇二年にパヴィアでイタリア王として選出されたのち、アルドゥイーノはヴェローナに軍隊を向けて司教軍を破り、オベルトをドイツに敗走させた。ヴェローナの領主であったケルンテン公オットーも同様に敗北した。しかし、その後はアルドゥイーノも皇帝ハインリヒ二世に敗れることとなる（のちには帝国の力も衰えて政治権力を増した教皇との叙任権闘争が起こり、ヴェローナを含む多くの都市はコムーネと呼ばれる自治都市となるのだが）。

このように、十世紀のイタリアは諸民族の侵入、諸侯間の戦争、外国勢力支配と、戦争、殺戮の絶えない時代であったが、荒廃した不穏な空気のなか、西暦一〇〇〇年に世界の終末が訪れるという恐れが広まったという物語の設定は、後世に生まれた中世伝説にもとづいている。本書にもある「千年、かっきり千年」という言葉も聖書外典や物語を通して流布したと言われている。年号の意識も薄い時代であり、歴史的には人々が西暦一〇〇〇年の終末を恐れたという記録はない。のちに生まれた「暗黒の中世」「迷信の中世」というイメージにつながる伝説である。作品中の、純粋に神を求めるあまり自ら破壊を進める修道院、そして修道院長の頑なな死への固執は、ほんとうの再生を可能にするために必要なものとして描かれているようにみえる。

フラテ・ジェルマノを中心に修道士たちと民衆とが力を合わせて再建することになる教会が、「西暦一〇〇〇年ごろに建てられたサン・ゼノ教会を暗示するもの」と言うのは、ダヴィデ・マリア・トゥロルドと親交の深かったディーノ・ブッツァーティである（一九五一年四月二十日付「コッリエーレ・デッラ・セーラ」紙）。四世紀のヴェローナ司教ゼノの死後に建てられた礼拝堂をもとに何度か建設されたサン・ゼノ教会は、八九九年のマジャール人の侵略ですっかり破壊されたままになっていたが、十世紀半ばに再建が進められた。さらに十一世紀から十二世紀にかけて手が加えられて、ほぼ現在みられる姿になった。イタリアのロマネスク建築の傑作として知られ、隣接するベネディクト会修道院が教会の祭式を司宰していた。

作品の時代背景の要素となるものをざっと挙げてみたが、著者トゥロルドが目指したのが中世の精神的な物語を描くことではなかったのは明らかである。本書冒頭にあるように、これは「われわれのたたかいの道の一つ」を示してくれるかもしれない物語であり、著者の関心は次の千年紀が近づく二十世紀にある。あるいは、あらゆる時代のすべての現代人に向けられていると言ってもよい。

著者自身は本書について、アンテナが漂う声を拾うように自分がとらえた出来事を書き留めたと言っており、詩とも戯曲とも小説とも言えない、ひとつの「ヴィジョン」と呼んでいる。迷いからくる混乱した振る舞いと、それを乗り越えようとする意志は、今日の時代にも、わたしたちの一人一人のうちにも認められるものであり、次の時代をより穏やかに迎えることを考えるために中世という時代をとりあげたと言う。

作品中の修道士たちのさまざまに異なる言葉のなかには、まだ希望をもち続けることへの誘いが込められている。革新をもたらすフラテ・ジェルマノは、著者の意図では、世界に絶えることのない新しさ、そして恐れることなくすべてを変貌させようとする愛を表している。それはひいては、何世紀をも超えて死にかけては生きる教会そのものであり、わたしたちの誰もがフラテ・ジェルマノになり得るのだと言う。フラテ・ジェルマノとは、「どのようにすれば死を乗り越えることができるのかを考え、その創造性のなかに飛躍を求める者」なのである。

作品の評価

この作品はトゥロルドが著した七作の戯曲の最初のものである。他には、本作と同じ一九五一年発表の『泥の家から（ヨブ）』*Da una casa di fango (Job)*、一九六一年発表の『聖ラウレンティウスの受難』*La passione di San Lorenzo* などがある。『地球は破壊されはしない』はとりわけ心にかかる作品であったらしく、著者は何度も手を加えている。

著者の終の住処となったソット・イル・モンテ、サンテジディオ修道院の「トゥロルド文庫」には、本書の原本であるガルザンティ社版の他に三つのヴァージョンが残っており、推敲が繰り返されたことを示している。もともと映画の台本として構想されたものを文学的に書き改めたのが、一九五一年の刊行本である。さらに、執筆年不詳のやや簡略化されたもの、より戯曲的に書き改められた、おそらくは須賀敦子の夫ジュゼッペ（ペッピーノ）・リッカによる改訂版、一九六二年のウディネでの上演時の台本がある。このときの演出はジャンニ・グレゴリッキオが手がけた。

本書刊行の一九五一年当時、トゥロルドは戦争孤児のための共同体ノマデルフィアを経済的に支援する活動に没頭していた。ミラノのドゥオモでの日曜日のミサでの説教により知名度も高く、一九四八年刊行の詩集『わたしには手がない』*Io non ho mani* で詩人としても知られている存在だった。『地球は破壊されはしない』も、刊行されるとカトリック系の媒体を中心に取り上げられ、好意的な評で迎えられた。

フランチェスコ修道会士で、キリスト教の社会における役割を重視したナザレーノ・ファブレッティは、ダヴィデ・トゥロルド、後述のプリーモ・マッツォラーリらとともに、前衛的なカトリックとみなされていた人である。須賀敦子も、トゥロルドを訪ねて行ったロンドンで一九五九年に知り合い、以来ずっと親交は続いた。ファブレッティは作品を読み解くにあたり、こう始めている。世界の終わりを恐れる中世のキリスト者の過度の純真さを笑う者は、現代人の心の奥底に巣食うペシミズムがどれほど彼らの恐れと似通っているかに気づかないのだ、と。さまざまな問題を思うとき、現代もひとつの終わりのときにあるのではないか、あるいは始まりにあるのか、という考えが浮かぶと言い、教会の内と外とで精神の混乱がみられるときに、ほんとうに「生きた教会」をつくるのは名もなき人々であることなどに言及して、本書が人間の抱える複雑な状況を映し出しているとする。また第二幕では、フラテ・ジェルマノが教会再建の仕事を進めて「フラテ名なし」になる場面をあげ、「個」が、あらゆるエゴを捨てて、すべてを新しく再生する普遍的な愛に移り変わっていくことを示していると言う。それに呼応して響く、「碇(いかり)をあげなさい。もう何世紀も前からキリストは歩きつづけておられる」という第二幕の最後の「声」こそ、人類がもち続ける希望、それに対する神の確認の表れということになる。

プリーモ・マッツォラーリ神父は、教会への批判も辞さなかったこと、共産党支持者との対話を続けたことなどで、何度も著作の発行を禁止された経験をもつ、型に収まらない宗教人の一人として著名であった。その書評は、作品評というよりも本書をもとにした考察である。千年前と現在を比較して、世界の破壊を避けるための新しさを創造できる現場であった修道院も、(ダヴィデ神父のような興味深い人材をもちつつも)今ではかつての躍動を失っている。そして、現在、世界が直面している危機は、世が世俗性を強調するあまり、精神性の助けを求めなくなり、精神性は導き手として無力である、障害ですらある、とみなされるようになったことだとしている。カテドラルは大いなる記憶として残り、そのなかでは同じ典礼が続けられているにせよ、人々はカテドラルの支えを必要としなくなった。作品の最後の詩では、人がキリストについて語らなくなったときは、石たちに続けて語れ、と告げている。詩人ダヴィデにはそれで足りるかもしれないが、その石から真の新しいキリスト者が生まれるのでなければ、神父ダヴィデには十分ではない、と結んでいる。現代人の精神的な危機が詩人かつ司祭の著者にこの作品を書かせたという理解は、多くの評者に共通している。

著名な文芸評論家、カルロ・ボーは、この作品の豊かな想像が真の感動と共有の思いを抱かせるとした上で、詩人であるときも常にドゥオモの説教師であり続けるトゥロルドの人となりに触れている。教会革新の必要、教会の秩序を信じるが、その信仰は活動そのものでもあり、修道院の外に出ること、人々のなかに入っていくことを恐れない。だが、考え抜かれた計画とは無縁で、分かち合うこと、共有することの必要性に身を任す。本書のような作品や詩作もまた、そのように与えられた生を生きることに他ならない、と。

作家で「コッリエーレ・デッラ・セーラ」紙の記者であったディーノ・ブッツァーティも、戯曲のあらすじをなぞりながら、西暦千年紀を間近に控えた状況を、「今日の世界で起こっていることのアレゴリーともとれる」と書いている。トゥロルドと親しかったブッツァーティは、『地球は破壊されはしない』が刊行されると、サン・カルロ教会まで著者の話を聞きに赴く。中世の修道院の物語は、心から書きたいと思っていたもので、著者本人もぜひ話したいと言っていた。ところが、実際に会うと、トゥロルドは戦争孤児のための共同体ノマデルフィアの話に明け暮れる。「今、神父にとって建設しなければならない新しいカテドラルは、ノマデルフィアなのだ」新刊について語るはずだった記事は、ダヴィデ・トゥロルド像を軽妙に描いた読み物になっている。しかし、ここにも、カルロ・ボーの言う、そのときそのときの必要に直ちに身を任せるトゥロルドの姿が覗かれる。『地球は破壊されはしない』に描かれる、参加の必然、共有の喜びは、著者のすべての活動に一貫してみられるものと言える。

カリスマ的な人物

ダヴィデ・マリア・トゥロルドは、宗教的な著作のみならず、詩人、作家として数多くの作品を残した。人を惹きつけるカリスマ性をそなえ、戦中、戦後の社会混乱期に福音の精神に裏付けられて社会に人間性を取り戻すために多彩な活動に身を投じた。その後も現代社会におけるキリスト教の役割、教会の刷新、他者との対話などを訴えて精力的に活動したが、教会当局からは活動の拠点であったミラノから「追放」されるという処遇を受けた。

須賀敦子はトゥロルドと出会ったことで、自分が探し求めていた道をイタリアで見いだし、神父の創立したミラノの「コルシア書店」を拠り所にイタリアの社会に根をおろす。「ギリシャの古典劇の英雄や神々を思わせる巨大な体格」、「農民の父母からうけついだ、野球のグローブみたいに大きな手」をして「滝のように笑う」ダヴィデ。「ことばを交わすことの晴れがましさに、声がかすれるほどだった」というこの「英雄」は、「不器用で、大ざっぱで、ブレーキのきかない大声の、どこかちぐはぐなロマンチスト」であり、知識の上では「体系とは無縁の人間」であったが、その詩を一緒に読むことで、須賀自身、迷路のように思えたヨーロッパの思考をたどり、「求めていたものにひかりがあたる思いだった」と書いている(『コルシア書店の仲間たち』「銀の夜」より)。

ダヴィデ・マリア・トゥロルドについての書物は、実際に神父と接した人たちによるものが多く、歴史的な中立よりも愛情に満ちた交流に重きがおかれている。トゥロルド自身、著作や講演で多く自分のことを語っているが、そのまま史実とは受け取れない部分もある。カリスマ的な影響力をもった重要人物と言われながら、厳密な研究が欠けていたが、二〇一六年、ダヴィデ・マリア・トゥロルド生誕百年を記念して、はじめて歴史家による評伝が出版された（マリアンジェラ・マラヴィリア著『ダヴィド・マリア・トゥロルド――生涯・証言（一九一六－一九九二）』Mariangela Maraviglia, *David Maria Turoldo. La vita, la testimonianza (1916–1992)*, Brescia, 2016)。膨大な記録・証言と神父自身の言葉を丁寧に照らし合わせた四百ページを超える大著で、これにより、トゥロルドの生涯のさまざまな活動が明らかになった。ここでは、主にこの評伝を参考にしながら、その生涯をなぞってみたい。トゥロルドの名は正しくは「ダヴィド」であるが、須賀敦子や多くの友人たちの呼び方にならい、「ダヴィデ」と呼ぶことにする。

フリウリ地方の少年時代

ダヴィデ・マリア・トゥロルド（本名ジュゼッペ・トゥロルド）は、一九一六年十一月二十二日、イタリア北東のフリウリ地方（現在はフリウリ＝ヴェネツィア・ジュリア州）の農村に生まれた。生地のコデルノは、フリウリの代表的な都市であるウディネから西に三十キロ弱の、セデリアーノ市に属する。遠くにサン・ダニエーレの丘陵地帯やカルニアの山々を望み、幼いころに裸足で駆けまわったこのフリウリの地はトゥロルドの原風景であり、詩や回想に愛情込めて描かれることになる。

現在では上質の白ワインの産地として知られるフリウリ地方だが、当時の農村は貧しさを極め、小作農のトゥロルド一家も例外ではなかった。それどころか、トゥロルド自身は「村で一番貧しい家」と思い起こしている。「九人兄弟の末っ子」と友人たちに語り、須賀敦子の作品にもそう書かれているが、評伝は戸籍証明と家族の証言から八人兄弟であったとしている。十分に食べることもできなかった少年時代の貧しさの体験は、トゥロルド神父が司祭として生涯、その活動や精神性の中心に据えるものとなった。人間性を弱める「貧困」との戦いを司祭として繰り広げながら、貧困が自分にもたらしてくれた豊かさをも認め、「貧困こそ最大の師」であったと感謝し続けた。

カミッロ・デ・ピアッツとの出会いとレジスタンス闘争

小学校を終えると、十三歳で聖職志願者としてヴィチェンツァ、モンテ・ベリコの聖母マリア下僕会神学校中等科に進む。一九二九年のことである。貧しい家庭の子供が勉強を続ける唯一の手段として聖職の道があったが、トゥロルドは、幼いころから教会を身近に感じ、神父に対する親しみをもっていた。聖母マリア下僕会（セルヴィ・ディ・マリア）を選んだのは、聖母マリアと敬虔な母の姿が重なったからだと言う。この頃の聖母マリア下僕会は、修道院、修道士の数も増えつつあり、めざましい発展の時期だった。

モンテ・ベリコで五年間の中等教育を終えると、一九三四年にイソラ・ヴィチェンティーナのサンタ・マリア・デル・チェンジオ修道院で着衣、その折に名を本名のジュゼッペから「ダヴィド・マリア」と改めた。この修道院で修練士として一年を過ごし、ヴェネツィアのサンテレナ修道院で二年間の哲学課程をおさめたのち、モンテ・ベリコに戻って四年間の神学課程を履修、一九三八年に下級叙階、一九四〇年に上級叙階を授与された。学校時代の成績は優秀であったが、読んでもいい書物が限られていて自由な読書ができなかったこと、人間関係、文化的環境が限られていたことが窮屈であったようである。

一九四一年、トゥロルドは、中学入学時から親しく、生涯の友となるカミッロ・デ・ピアッととともにミラノのサン・カルロ修道院に所属することになった。二人がミラノに送られたのは大学に進学するためで、翌一九四二年九月からカトリック大学に通いはじめた。聖母マリア下僕会士がこの大学に進学するのははじめてのことだった。ここでトゥロルドは哲学を、デ・ピアッは文学を専攻した。勉学と並行して、トゥロルド神父は多くの説教を頼まれるようにもなっており、修道会の記録には数多くの移動が記されている。聖母マリア下僕会にあって、ひときわ活動の活発な司祭であったようだ。

二人の大学時代は、第二次世界大戦に参戦を表明したイタリアが緊迫した状況に入った時期でもある。とくにミラノはイタリア北部にあって連合軍の最も激しい爆撃を受けた町であり、ムッソリーニ失脚後の一九四三年八月にはイギリス軍の爆撃が激化、サン・カルロ修道院も被害を受けた。九月八日に連合軍との休戦協定が公表されると、シチリアに上陸した連合軍が次第に北上する一方で、北部イタリアはドイツ・ファシスト軍に占領されるという、内戦状態になった。

このような状況のなかでサン・カルロ修道院が果たした役割は大きい。修道院はさまざまな人の避難場となった。爆撃で行き場を失い、逃げ惑う人々を受け入れたのはもとより、人種法（一九三八）のために諸権利を剥奪され、スイスへの脱出を目指すユダヤ人をかくまった。また、ナチ党に救出されたムッソリーニがサロに樹立したイタリア社会共和国のファシスト勢力が抑圧する、レジスタンス運動の活動家の避難の場でもあった。一九四三年からイタリア解放の一九四五年のあいだに修道院の内部では、カトリック系のパルチザンのみならず、さまざまな系統の活動家の会合がもたれた。ことに重要なのは、共産党が推進していた「独立・自由のための青年戦線」の設立である。

これはイタリア解放のために形成された、若いパルチザンたちの最も大きな組織で、共産主義、社会主義、カトリック民主主義、自由主義、共和国主義、女性同盟、農民委員会など、宗教、政治的信条の別なく、あらゆるイタリアの若者が連帯し、武装闘争を通して民主主義を獲得することを目指した。設立のための初期の会合はトゥロルド、デ・ピアッツの両神父の協力のもと、サン・カルロ修道院内で行われた。二人はレジスタンス闘争の指導機関であった北イタリア国民解放委員会(CLNAI)の人々とも連絡を取り合っていた。

レジスタンス運動としては、雑誌「人間」*L'Uomo* の地下出版も行った。カトリック大学の教授が中心となって、卒業生、トゥロルドやデ・ピアッツらの学生が発行した。あらゆるイデオロギーを越えて人間としての価値と威厳を取り戻すことを精神的な柱とし、主に知識人、学生たちに向けて、当時の歴史的状況のなかで各自が意識をもった立場をとることをうながし、キリスト教が社会に革新的な役割を果たせることを伝えた。これは一九四四年一月から一九四五年一月まで不定期に刊行され、中断ののち、イタリア解放後の同年九月から一年間、週刊ついで隔週刊として続けられた。

解放後の一九四五年には、ミラノ教区の依頼でトゥロルドはドイツの強制収容所に残るイタリア人の帰国を助ける派遣団に参加し、ダッハウ、ニュルンベルク、フュルトなどを訪れた。そこで、当時はまだ全容が知られていなかった「言葉では言い尽くせない」強制収容所の実態をその目で見ることとなった。まだ混乱期で困難な旅であったが、二百名のイタリア人とともに帰国した。

ドゥオモでのミサ

トゥロルドは、戦中からミラノ大司教シュステル枢機卿の信頼を受けていた。サン・カルロ教会はミラノ中心部の爆撃後、真っ先にミサを再開した教会のひとつで、そこで神父の説教を聞いた大司教は、ドゥオモで福音を説くことを依頼した。左の側廊にある聖ジョヴァンニ・ボーノ礼拝堂での日曜日十二時半のミサで、一九四三年十月から約十年続いた。大声で情熱的に福音を唱える若い神父の説教はたちまち評判になり、多くの信者がミサに押し寄せるようになった。ときには過激さもみられる説教に、新しさを感じとる人からは大いに賞賛されたが、それを喜ばず、大司教に抗議に行く者もあったという。富を厳しく非難した、労働歌の一節を歌った、などのエピソードがあるが、大司教はトゥロルド神父への信頼を失うことなく、ミサは神父がミラノを離れることを余儀なくされる一九五三年一月まで続けられた。

先にあげたディーノ・ブッツァーティの一九五一年の記事は、このミサにも触れている。「ダヴィデ神父の説教には誰もが同じように熱狂するわけではないが、好奇心のためでも、少なくとも一度は聞きに行く価値があることは誰もが認めている。……確かにありきたりの説教ではない。あれだけ言わずにはおれないことがあるのだ、ありきたりになどなり得ない。聴衆を喜ばせたりもしない。それどころか、散々な言葉を浴びせられ、不安と良心の呵責を抱かされて、聴衆は不穏な心持ちにさせられる。すると、我が家の食卓で待っている一皿のリゾットも、前に思っていたほど好ましいものとも正当なものとも思えなくなってくるのだ」

詩人として

「人間」誌上でも詩を発表してきたトゥロルドが初めて詩人として認められたのは、一九四七年のサン・ペッレグリーノ賞受賞のときである。これは戦後の失われた価値観の回復、イタリア文化の再活性のために創設されたもので、全国から詩を募って三名の受賞者を選んだ。トゥロルドの詩は「内面に激しい葛藤をもつ苦悩の世界を力強く表現している。その荒々しさは、形式の荒々しさとも呼応する」と評された。

翌一九四八年には受賞作を詩集『わたしには手がない』として出版した。イタリア詩の伝統の流れを引くものではなく、どこか荒削りなところ、十分に磨かれていないところを残しながら、生命力の激しさを伝えてくる詩で、そこにほんとうの力があるなど、おおむね好意的な評価を得た。カルロ・ボーも、詩の技術面よりも精神的な緊張感の高まりに詩の力があるとし、「ダヴィデ神父においては、詩的渇望と宗教的な緊迫感は同じリズムで進んでいく」と書いている。

ここで、他の詩作品にも少し触れておく。第二詩集『われ、ひとつの声をきけり』*Udii una voce* は一九五二年、モンダドーリ社の名高いロ・スペッキオ叢書から、詩人ジュゼッペ・ウンガレッティが序文を寄せて出版された。ウンガレッティは、これが「永遠なる神の不在－存在の苦悩からほとばしる詩、隣人への愛からほとばしる詩」であり、聖書・典礼の詩句や区分の引用に新しさがあるとしている。この詩集は一九五三年のウンベルト・フラッカクレタ賞を受賞した。

トゥロルドがフィレンツェ滞在中の一九五五年には、第三詩集『わが眼はかれを見奉らん』*Gli occhi miei lo vedranno* が同じ叢書の一冊として出版された。

これら三詩集の詩の一部を須賀敦子は翻訳し、ミラノのコルシア書店から発行していた「どんぐりのたわごと」第三号（一九六〇年九月）に載せている。一九六三年に出版された『あなたがもう一度現れないなら……（一九五〇－一九六一）』*Se tu non riappari... (1950-1961)* におさめられることになる詩のいくつかについても、須賀の試訳草稿が残っている。

一九八〇年代までの主な詩集は『おお、我が感覚よ…』*O sensi miei...* と題してまとめられており、詩人アンドレア・ザンゾットが解説を寄せている。また晩年の二詩集は、現在は『最後の詩（一九九一―一九九二）』*Ultime poesie (1991–1992)* として刊行されている。

愛のミサとノマデルフィア

戦後直後に再び目を向けると、修道会でトゥロルドは多くの活動を活発に提案し続けた。雑誌「回廊」*Il Chiostro* の創刊では、文化の役割、教会と社会との関係のあり方を見直す必要性など、カトリックのより開かれた立場を議論する場をつくることを目指した。一九四八年から一年ほどで廃刊となったのは、新しさを求める若い神父たちの執筆する内容が、宗教人にふさわしくないという、修道会側の判断からだった。

また、この時期の活動でとくに重要なのが、同じく一九四八年にはじめられた「愛のミサ」である。まだ貧困に喘ぐ戦後の復興期に、戦中から行われていた救済活動を強化したもので、ミサのあいだに信者に困窮者の必要が伝えられ、物質的・金銭的な寄付を集めた。施しでも博愛的行為でもなく、信仰にもとづく共同体としての共有を育むことを目的とした。修道会の記録によると、一九四九年には九十八家族の約四百人が、一九五〇年には六十家族の約三百人が援助を受けていたという。愛のミサの協力者たちは、毎週会合をもち、聖書講読とともに、戦後社会のあらゆる問題、希望などについて話し合った。この協力者のなかには、のちにコルシア・デイ・セルヴィの書店を運営することになるルチア・ピーニもいた。また、愛のミサに参加する重要人物として、世界的なタイヤ・メーカー、ピレッリ社の一家の女性たちがいた。テレーサ・ピレッリとその二人の姪である。須賀敦子も語るように、みなに「ツィア・テレーサ」と呼ばれたテレーサ・ピレッリは、愛のミサの最も重要な支援者であり、トゥロルドの心の支えでもあり続けた。

トゥロルドが戦争孤児のための共同体ノマデルフィアをつくったゼノ・サルティーニ神父に会ったのは一九四八年である。ノマデルフィアでは家族を失った子供たちを女性たちや夫婦に託して大家族をつくり、住民はすべてを共有して生活した。経済的維持が大変であったので、これに共鳴したトゥロルドはミラノに支援委員会をつくり、寄付を呼びかけた。先のブッツァーティの記事にはこうある。サン・カルロ教会入り口の左にある扉には「ノマデルフィア委員会」と記されていて、その扉の向こうに夜遅くまでいるダヴィデ神父は「いわばノマデルフィアの外務大臣とでもいうべき存在で、日夜その仕事をしている」と。トゥロルドを通じ、重要な支援者となったのが、テレーサ・ピレッリの姪ジョヴァンナ（二二）・アルベルトーニ・ピレッリで、財産の一部を投じてゼノ神父を援助し続けた。

ノマデルフィアは大変話題になり、「友愛」を柱とするこの共同体は、まさに福音書の教えに則るものとして教会から賞賛された。トゥロルドはノマデルフィアへの支援を訴え続け、ミラノの富裕層、企業家をはじめ、多くの人々から多額の寄付を集めることができたが、資金はいくらあっても足りず、自身も借金を背負って、それが心痛になっていた。共同体の財政難は深刻化し、ゼノ神父の激しい訴えが政治色を増した結果、教会当局の決定でゼノ神父は他の教区に移らざるを得なくなり、協力していた聖職者たちもノマデルフィアに近づくことを禁じられた。財政的に破綻した共同体は一九五二年に解散、子供たちは各地の孤児院に引き取られたが、一九五三年には別地で再出発することになり、一度は還俗して残った問題の処理にあたっていたゼノ神父も聖職にもどった。ダヴィデ神父とゼノ神父の友好はその後も変わらなかったが、心血を注いで支援した大事業は一九五二年に終わった。

コルシア・デイ・セルヴィ

さまざまな活動を通して存在感を高めていたトゥロルドの修道会内の評価は高く、神父の提案に修道会は積極的に場を提供した。一九五二年の二月には、現代のカトリック思想の状況を熟考するための、文化的・宗教的な学びの場として文化センター「コルシア・デイ・セルヴィ」が創立された。出版、文化活動、カトリック書籍の書店の三つを主な活動とした。修道院はこの組織に自主的な運営を認め、修道会士は、会を代表する者としてではなく、個人として参加することとした。が、実際にはトゥロルド、デ・ピアツのほかに参加を望む者はミラノの会内にはいなかった。

コルシア・デイ・セルヴィが、ミラノの知識人が集まり、精神性、文化、社会を議論し合う貴重な場となったことは、須賀敦子の『コルシア書店の仲間たち』に描かれている。運営メンバーにはデジデリオ・ガッティ、ルチア・ピーニ、ジュゼッペ・リッカらがいたが、当時、聖職者と一般信者が対等の立場で団体を組織する例はなく、これは大胆な試みだったという。

しかし、同じ一九五二年の十二月に、トゥロルドはインスブルックへの移動を言い渡される。その理由は明確にされなかったが、貴重な人材としてかなりの自由を許されてはいたものの、修道会上層部とは軋轢もあった。記事を寄稿する新聞雑誌が「共産主義的媒体である」と教会当局から注意を受けたこともあった（教会は一九四九年にカトリック者の共産党への加入、支持を禁じていた）。賞賛の対象から禁じられた地となったノマデルフィアとの関係、伝統的に保守的な教会を刷新したいという熱意、そのカリスマ性から多くの人を惹きつけていたこと、新聞雑誌での露出度が高いことなどから、修道会は神父に慎重な行動を求めたのではないかと思われる。

コルシア・デイ・セルヴィの活動は運営スタッフたちとデ・ピアツ神父とで続けられた。革新的な性格が批判され、一九五七年には閉鎖の危機に晒されたが、デ・ピアツがミラノを離れることで解決した。以後、二人の神父は遠くにありながら活動を援助していたが、一九七四年にはコルシア・デイ・セルヴィは修道院の敷地から退去させられ、別の地で再開されることとなった。

ミラノを離れて

トゥロルドは一九五三年からインスブルックに一年、フィレンツェに四年、ロンドンに二年と所属を変えた。当時のフィレンツェのカトリック界は、対話や議論に対してより開かれた環境だった。トゥロルドは、ノマデルフィア時代からの友人ジョヴァンニ・ヴァンヌッチ神父（須賀敦子は「どんぐりのたわごと」第六号にヴァンヌッチ神父の文章を訳している）とともに、ここでも愛のミサをはじめた。

フィレンツェ滞在時には、市長ジョルジョ・ラ・ピーラをはじめ、カトリックの革新派とされる人々と交流した。イタリアの学校教育にみられる階級性を批判し、貧しい子供たちへの教育を進めていたことで知られるロレンツォ・ミラーニ神父と会ったのもこの時期である。

ロンドン時代にはカナダへも呼ばれ、カナダ各地の教会でイタリア人移民のための説教をした。トゥロルド神父の言葉はどの教会でも熱く受けとめられ、二週間の予定だった滞在は、数か月間に及んだ。また、アメリカでも説教を行っている。一九五九年八月にはローマに留学中の須賀敦子がロンドンのトゥロルドのもとを訪れた。

イタリア帰国後に最終的に決まった所属先は、故郷に近いウディネ、慈悲の聖母教会（マドンナ・デッレ・グラッツィエ教会）の修道院であった。これは、幼いころに母に連れられてきた思い出の教会でもある。ここでは一九六一年からソット・イル・モンテに移るまでの三年ほどを過ごし、愛のミサ、シネフォーラムなどの活動をはじめた。国内外からの説教の依頼も多く、この時期も精力的に動きまわっている。

このフリウリの地で、自己の体験をもとにした映画『貧しき人々』（"Gli ultimi" ヴィート・パンドルフィ監督）を制作する。一九三〇年代の貧しい農村の少年の成長を描いたもので、撮影は故郷コデルノを含むフリウリの農村で行われた。出演者はみな素人（少年の父親役はトゥロルドの兄）であり、撮影には地元住民もこぞって協力した。作品は、当時の農村の貧困を描くとともに、貧しさのなかの威厳や価値観に目を向け、経済ブームに沸く一九六〇年代と対比している。

一九六三年に公開されると、映画はピエル・パオロ・パゾリーニに「圧倒的な厳格美」と評され、詩人ウンガレッティからは「純粋・高潔な詩」、詩人・評論家のジャチント・スパニョレッティからは「真実の生む表現」と高い評価を得たが、興行的には大失敗に終わった。監督は左派の演劇人であったため、教会関係の映画サークルでは上映されず、またフリウリ地方は過去の貧困のイメージを払拭しようとしていた時代であり、歓迎されなかった。資金繰りをして自分で制作会社を設立したトゥロルドは、十年をかけて借金を返済した。

ソット・イル・モンテで

一九六四年にはベルガモ県ソット・イル・モンテに移り、共同体「エマウスの家」を発足させた。第二ヴァティカン公会議を開いた教皇ヨハネ二三世の生地であり、一九六三年六月の教皇逝去の日に決意したという。

一九六二年に開かれた公会議は、ローマ教会の刷新を目指し、宗教を越えて平和のための対話を重視するなど、トゥロルド、コルシア・デイ・セルヴィをはじめ、開かれた教会のあり方を求めていた人々に大きな希望をもたらした。ヨハネ二三世亡き後は、パウロ六世（トゥロルドとも親交のあったミラノ大司教モンティーニ枢機卿）によって続けられ、一九六五年に閉会した。

トゥロルドはヨハネ二三世の愛したサンテジディオ修道院を中心に、一般信者のための祈りと研究の場として「エマウスの家」を、そして教派を越えた信仰を深めるための「ヨハネ二三世エキュメニズム研究所」をつくった。設備も全く整わないままにはじまった共同体は、多くの人が訪れる場所となった。トゥロルドはこの山のなかにあっても説教師、講演者として多忙な活動を続け、この時期にはテレビ出演も加わった。公共のイタリア放送協会ＲＡＩが『精神のとき』と題する番組でトゥロルドとの対話を八か月にわたって放映し、視聴者からは大きな反響があった。数年後にはさらに、『信じるとき』が放映された。「宗教に対する異なる感受性を尊重すること」「個人をめぐる出来事と集団をめぐる出来事をより合わせ、ひとつの歩みにすること」など、時代へのかかわりと個々の内面性の両方を訴えたことが、多くの視聴者の心に触れたのだという。

パゾリーニとの記録に残る最初の出会いもこの時期である。一九六四年、『奇跡の丘』（イタリア語原題は『マタイによる福音書』）のミラノでの上映会に参加したときであった。イタリアの革新的なカトリック信者には、カトリック者と共産主義者との対話への貢献と受けとめられていた作品である。トゥロルドは上映会でこの映画を擁護する発言をしたとして、修道院長から注意を受けている。このエピソードは刷新を約束した公会議後も、ローマ教会の体質はあまり変わっておらず、トゥロルドに対する警戒の目も変わらなかったことを示している。

一九七〇年代に入って、公会議後も状況が変わらないことに失望した多くの司祭たちが聖職を去り、あるいは教会から分離するグループをつくったが、トゥロルドは、刷新は唱えつつも、あくまでも教会への服従を守る立場をとり続けた。この時期、世論を分けた大きな問題は、一九七〇年に離婚を認める法律、離婚法が成立したことに対し、その廃止を求めて行われた一九七四年の国民投票である。イタリア司教協議会が結婚の解消不能を支持する表明を出すと、ほとんどの司教がこれに同意した。しかしトゥロルドは「信仰は呈するものであって、課すものではない」として、法律の維持を支持し、一部のカトリック新聞、団体から激しく非難された。

一九七五年にはパゾリーニが殺害されるという衝撃的な事件があった。トゥロルドはフリウリで行われた葬儀に司祭として唯一参列し、祈りのなかでパゾリーニの母への手紙を読み上げた。

一九八〇年代は、詩、宗教書、聖書の翻訳など、これまで以上に多くの著作を出している。とくに聖書「詩篇」は何度も訳しており、現在は教皇庁文化評議会議長のジャンフランコ・ラヴァージ枢機卿と共訳したヘブフイ語からの翻訳もある（一九八七）。晩年には闘病生活にあっても説教を続け、病いとともに生きることについて、「一日一日が、まだ誰も生きたことのない新しい日であることは変わらない」と語っている。

「神の詩人」、「穏やかならぬ、教会の良心」などと呼ばれる一方で、教会からは理解を得られない存在であったが、革新性で知られるミラノ大司教カルロ・マリア・マルティーニ枢機卿は、教会のとった態度について、トゥロルドに許しを求めた。トゥロルドが亡くなる数か月前、探究の精神と市民的情熱を表彰する第一回ラッツァーティ賞をトゥロルドが受賞したときのことだった。

こうしてダヴィデ・マリア・トゥロルドの生涯をたどってみると、司祭として、詩人として、人間として、トゥロルドが一貫して体現してきたのは、本書のテーマでもある「希望」だったのではないかと思う。

参考文献

Mariangela Maraviglia, *David Maria Turoldo. La vita, la testimonianza (1916–1992)*, Brescia, 2016
Daniela Saresella, *David M. Turoldo, Camillo De Piaz e la Corsia dei Servi di Milano (1943–1963)*, Brescia, 2008

解説、あるいは詩人と神父のレスリング

池澤夏樹

須賀敦子の著作を通じてダヴィデ・マリア・トゥロルドの名は伝説のようにぼくたちの頭に染み込んでいる。革新的な神父であり、コルシア書店に集う人々の総帥であり、詩人であった。須賀敦子はこの人に導かれてミラノに住んだようなものだし、その先にペッピーノとの結婚があった。結婚はカトリックでは秘蹟の一つである。神が嘉して神父が認めなければ結婚は成立しない。

ダヴィデの人柄、大きな身体と大きな手、カトリック教会の権威に対抗して自分の神学を打ち立てた偉業のことなどは『ミラノ 霧の風景』などに譲ろう。ここでは文学者としての彼の作品であるこの『地球は破壊されはしない』を虚心に読んでみよう。とは言うもののぼくには先入観がある。神父と詩人が一つの人格の中にいかに同居し得るか、そこが知りたい。

文芸はまずもって詩人の仕事であるから、この戯曲を書いたのは詩人としてのダヴィデである。シェイクスピアが優れた詩人であったことを知らなければ彼の芝居の魅力はわからない。台詞の一つ一つが響きを伴っている。マクベスが自分の手に着いた血が洗い流せないことを嘆いて、The multitudinous seas incarnadine, Making the green one red.「七つの海を朱に染め、青い海原を真紅に変えるだろう」（松岡和子訳、ちくま文庫）というところ、英語の母音と子音のうねりに聞く者はうっとり

するのだ。

神学的な議論、むしろ論争を主軸とするこの芝居でしばしば詩人の方が前に出ることがある。しかもそれが登場人物の口から出る言葉ではなくト書きにあたる部分だったりするからおかしい。ダヴィデの中では神父と詩人が格闘していて、どうやら詩人の方が強いらしいのだ——

夕暮は、自然を超えたものと思われるほど透きとおっている。やさしい甘さと、ビロードのようなやわらかさ。土は露わだが、無残さはない。木々ははだかだが、痛々しくはない。色はあたたかいが、官能的というのではない。厳しい気候に打ちかった、なにかふしぎな力が、冬を、もうやがてくる春の約束に変えてしまったよう。

この芝居を上演するとしたら、演出家と舞台装置の担当者はこのト書きを具体化するのにずいぶん苦労するだろう。

この自然賛歌には深い意味がある。

キリスト教によれば、この世界は神が造ったものだ。ゆえに、景色の美しさは神の御業（みわざ）の現れである。ベートーヴェンは「自然における神の栄光」という合唱曲を書いている。これがキリスト教の自然観の基礎。

神が七日かけて世界を造った。そこにおいて人間は別格の被造物（クレアトゥーレ）、神をなぞって造られた存在で、自然を管理して果実を生むという責務を負わされている。最上の状態に保たなければならない。

カトリックは昔から信者を導くために演劇を使ってきた。

復活祭の前にはキリストの死と蘇りを教える受難劇が上演されるし、キリストの生涯の一場面や聖者を扱う奇蹟劇（ないし神秘劇）もある。復活によって空になったキリストの墓の前で三人のマリア（聖母とマグダラのマリアとマルタの妹）に天使が「Quem Quaeritis? 誰を探しているのか？」と問う場面は典礼劇として演じられた。

クリスマスを待つ待降節の時期に子供たちが聖マルタンの善行を芝居にしたてて路上で演じるのをフランスで見たことがあるが、生きた馬まで登場してなかなか本格的な楽しいものだった（聖マルタンは自分のマントを二つに裂いて貧者に与えたことで知られる）。

だからダヴィデが自説を人々に伝えるために演劇という形式を用いたのは普通のことだった。

では主題は何か。

まずは終末論がある。根拠は「ヨハネ黙示録」。

動物たちは自足して暮らし、不運はそのまま受け止めるのに、人間は自分が生きている世をなかなか肯定できない。あるべき姿を夢想の中に求める。不満がやがて不安になり、ある時点で根源的な世直しが到来すると考える。仏教で言えば正法（しょうぼう）千年像法（ぞうぼう）千年の後に到来する末法（まっぽう）であり、キリスト教ならばミレニアム、千年王国という考えで、どちらも千という切りのいい数字が出てくる（科学で言えば千はヒトの指の数の三乗という以上の意味はないのだが）。

西暦一千年を前にしてヴェローナ（またシェイクスピアを引き合いに出せば、ここは『ロミオとジュリエット』の舞台だ）に近い修道院で、世の終わりを予想する院長が人間の行いすべての無意味を覚ったと信じ込み、生産的な営みを停止させる。「全世界の破滅はもう、はっきりしるしがあらわれています」と言って静かに終末を待つようにと人々に告げる。作った葡萄酒さえ川に流せと言う。「千年、かっきり千年」という呪詛のような言葉が漏れる。

これに異を唱えるのが若いフラテ・ジェルマノという修道僧（フラテは英語で言えばbrotherすなわち僧のこと）。

彼は院長に逆らって「地球は破壊されはしない」と言う。言葉と言葉がぶつかる。

芝居の基礎は会話である。独白もないではないが、まずは人と人が言葉を交わすことでことが進む。そもそもが議論であり弁証法なのだ。

この「須賀敦子の本棚」というシリーズを読みながら、いつもぼくは須賀さんとそれぞれの巻の作者とお喋りをしている気分になる。だからここでもダヴィデとアッコとナッキで話しているとすれば、どうしても女性の扱いを話題にしないわけにはいかない。この芝居に登場する二人の女性（アウレリアと侯爵夫人）はどちらも信仰の堅い男に対する誘惑者である。アダムに対するイヴ。

そもそもこの芝居の最初の場面でジェルマノは「わたしは……一人の女の夢を見ました」と告悔して「笞打ち三十八」を修道院長に命じられる。これでは「贖罪の行は陰鬱な踊り」と化すのは当然だろう。

古来、世の仕組みはだいたい男が腕力で作ってきた。カトリック教会においては今も女性の司祭は認められていない。夢の女であるアウレリアはどうやら世俗の時期にジェルマノとの間に子を生（な）した仲らしいのだが、彼は自分のもとへ戻ってと懇願するこの妻を退ける。子はすでに死んでいる。この二人の会話は切迫していて引き込まれる。舞台上の役者の台詞として聞きたいと思わせる。

世界の終わりを信じる修道院長は「もしわたしがまちがっているのなら……わたしに眼に見えるしるしをください」と言い、「死をくださってもかまいません」とまで言う。そして亡くなる。新しい、ジェルマノの思想をあるところまで理解する修道院長が登場するが、修道士たちの議論・ロ論はなおも続く。ジェルマノは新たなる建設を促す。世界は終わらない。

それに呼応するように、新しい修道院長は苦難の旅を承知の上で宣教師たちを送り出す。彼らの運命をぼくたち「須賀敦子の本棚」の読者は例えばウィラ・キャザーの『大司教に死来る』に読むことができる。須賀敦子の思いがこの二作を繋いでいる。

ダヴィデの思想はその後にラテン・アメリカから生まれた「解放の神学」に近い。教会は常に貧者と弱者の側に立たなければならないとフラテ・ジェルマノは説く。それを神父の一人が「主の教会の柱頭一つより、貧しい赤ん坊のためのパンのほうが大切です」と明言する。

ぼくは信仰なき者だが、この考えには共感するのだ。『カデナ』という小説の中で、貧しい教会の貧しい神父が寄付を集めて新築をと提案した信徒に「その必要はありません。立派な教会は道の右側に建っています。しかしキリストは道の左側にいらっしゃるのです」と答える場面を書いたことがある。

この芝居は待降節から聖霊降臨まで、つまり冬から初夏までの数か月の話だ。どうやら世界の終わりは来なかったらしい。第二次世界大戦でぼろぼろになってもイタリアは滅びなかった。この戯曲が書かれたのは一九五一年。終戦の六年後だった。

「もう何世紀も前からキリストは歩きつづけておられる」という台詞が第二幕の終わりにある。第三幕はほとんどオラトリオでストーリー性はないから、ここが最後の場面と考えてもいい。

ここであのエピソードを思い出さないわけにはいかない。ペテロがローマでの布教の困難に絶望してこの都を捨てて出て行こうとする。アッピア街道を歩いて行くと、前から来たのはなんとイエス。ペテロは驚いて「主よ、いずこに行きたもう？　Quo vadis, Domine?」と問う。

「おまえがローマを見捨てるのなら、私はローマに行ってもう一度十字架に架かろう」

それを聞いてペテロはローマに引き返す。

カトリック教会はこうして打ち建てられた。ペテロという名は「石」の意であり、彼が教会の礎石になったと解釈される。そのせいか聖ペテロは聖パウロよりも権威的に思われる。天国の門のところにいて来る者を選別するのはペテロなのだ。

David Maria Turoldo:
LA TERRA NON SARÀ DISTRUTTA (1951)

須賀敦子（すが・あつこ）
1929年兵庫県生まれ。聖心女子大学卒業。53年よりパリ、ローマに留学、その後ミラノに在住。71年帰国後、慶應義塾大学で文学博士号取得、上智大学比較文化学部教授を務める。91年『ミラノ 霧の風景』で講談社エッセイ賞、女流文学賞を受賞。98年逝去。著書に『コルシア書店の仲間たち』『ヴェネツィアの宿』『トリエステの坂道』『ユルスナールの靴』など。訳書に『ウンベルト・サバ詩集』、N・ギンズブルグ『ある家族の会話』、A・タブッキ『インド夜想曲』、I・カルヴィーノ『なぜ古典を読むのか』など。没後『須賀敦子全集』（全8巻・別巻1）刊行。

須賀敦子の本棚9　池澤夏樹＝監修
地球は破壊されはしない

2019年6月20日　初版印刷
2019年6月30日　初版発行

著者　ダヴィデ・マリア・トゥロルド
訳者　須賀敦子
カバー写真　ルイジ・ギッリ
装幀　水木奏
発行者　小野寺優
発行所　株式会社河出書房新社
〒151-0051　東京都渋谷区千駄ヶ谷2-32-2
電話　03-3404-1201（営業）　03-3404-8611（編集）
http://www.kawade.co.jp/
印刷　株式会社亨有堂印刷所
製本　加藤製本株式会社

Printed in Japan　ISBN978-4-309-61999-6

須賀敦子の本棚 全9巻

池澤夏樹＝監修

★1　神曲 地獄篇（第1歌〜第17歌）〈新訳〉
ダンテ・アリギエーリ　須賀敦子／藤谷道夫 訳
（注釈・解説＝藤谷道夫）

★2　大司教に死来る〈新訳〉
ウィラ・キャザー　須賀敦子 訳

★3　小さな徳〈新訳〉
ナタリア・ギンズブルグ　白崎容子 訳

★4・5　嘘と魔法（上・下）〈初訳〉
エルサ・モランテ　北代美和子 訳

★6　クリオ 歴史と異教的魂の対話〈新訳・初完訳〉
シャルル・ペギー　宮林寛 訳

★7　私のカトリック少女時代〈初訳〉
メアリー・マッカーシー　若島正 訳

8　神を待ちのぞむ〈新訳〉
シモーヌ・ヴェイユ　今村純子 訳

★9　地球は破壊されはしない〈初訳／新発見原稿〉
ダヴィデ・マリア・トゥロルド　須賀敦子 訳

★印は既刊